大都會文化
METROPOLITAN CULTURE

一國兩字？

兩岸用語 快譯通

全世界目前有將近1/5的人使用簡體字，
而且數目持續增加中……
在兩岸交流頻繁的今天，
再說你還不懂簡體字，就落伍了！

編者 ◎ 陳琪琪／王南傑

目　錄

編輯說明

關於兩岸用語差異，除了在字體上有繁體、簡體的不同外，用字遣詞的習慣也各有特色，無論是同一詞有著不同的說法，或僅是大陸有、台灣無的詞彙，都能讓人嗅到兩岸文字與文化的不同特色。配合近年來到大陸經商與留學的人數日趨增多，甚至兩岸婚姻、戀愛的故事一一上演，誠心希望藉由本書，使您遠離「雞同鴨講」的窘境，並能快樂、有效率地學習，進而更融入彼岸的生活圈。

本書的幾大特點

一、詞條分類

本書共收錄了一千三百多個常用詞條，並以生活化的方式分為：「談情說愛篇」、「職場必勝篇」、「觀光旅遊篇」、「休閒娛樂篇」、「八卦開聊篇」、「生活工廠篇」、「國際政治新聞篇」、「校園物語篇」、「保健醫療篇」、「社會現象篇」等大類項，使用者可依各自的角色與環境來選擇。

二、詞條解釋

在每個繁體字的詞條後方，皆有簡體字的對照，以方便讀者在第一時間即可藉由字型來預測該詞條的含意。此外，有些兩岸說法差異頗大的詞條，則請參考「台灣說法」，例如大陸的『土豆』，「台灣說法」即為『馬鈴薯』。如遇有大陸獨創的詞彙，而甚少於台灣聽聞的，則請參考「詞條解釋」的部分，好比『二五眼』這個詞在台灣很陌生，但詞條解釋中就會有「指品質不佳的物品或能力不好的人」的描述，方便您輕易瞭解其中的意涵。

三、筆畫索引

除了從目錄頁中的分類大項頁碼中，來查詢詞條的位置外，另一個方法就是擷取詞條的第一個字，算出該字總筆畫後，進入「筆畫索引」表中，依筆畫數查閱出該詞條的頁碼，就能讓您在第一時間內查到所需的資料。

四、簡體字、繁體字對照表

因為本書版面有限，故無法為您收錄所有的詞條，建議您遇到難以確認的簡體字時，可先算出該簡體字的總筆畫，進入「簡體字、繁體字對照表」中，依筆畫數查閱該字的「繁體字」位置，即可為您解決類似的困擾。

五、實用附錄

除了豐富的詞條外，本書的最後段尚附有：「中國十大名校簡介」、「大陸＆台灣節日對照表」、「世界各國國名對照表」，讓無論是攻學位、做生意、純生活、觀光旅遊的您能立即入境隨俗。此外，更為因商務往返兩岸三地的讀者，編製了「常用廣東話對照表」，讓您備足了溝通工具後更加左右逢源。

談情說愛篇

愛情物語

人流 / 人流
台灣說法 墮胎

大齡 / 大龄
台灣說法 X年級前段班

解 釋 ▸ 指在同一個年齡層中，年紀比較大的。

內嫁 / 内嫁

解 釋 ▸ 指外籍女子嫁到中國大陸的情況。

心盲 / 心盲

解 釋 ▸ 指不懂得心靈溝通的人。

軍婚 / 军婚
台灣說法 軍人家庭

解 釋 ▸ 指夫妻二人中，至少有一人的職業是現役軍人的婚姻。

軍嫂 / 军嫂

解 釋 ▸ 嫁給軍人為妻的女子。

高妹 / 高妹
台灣說法 長腿姊姊

解 釋 ▸ 指個子比較高的女人。

雞同鴨講

內地男：公司新來的財務經理是個高妹耶。

台灣男：天呀，一張臉這麼糙老也可以叫做「妹」？

台灣男納悶指數：★★★

愛人 / 爱人

台灣說法 先生、太太

解釋 ☞ 妻子對他人稱呼自己丈夫，或丈夫對他人稱呼自己妻子的用詞。

BP機 / BP机

台灣說法 呼叫器

解釋 ☞ 又稱「傳呼機」。

TDK / TDK

解釋 ☞ TOEFL（托福）、Dance（跳舞）、Kiss（戀愛）的合稱。TDK原是國外知名的錄音帶廠牌，此指一般大學生所追求的目標。

婚外戀 / 婚外恋

台灣說法 婚外情、外遇

解釋 ☞ 指已婚者與配偶以外的異性所發生的戀情。

從妻居 / 从妻居

台灣說法 入贅

解釋 ☞ 指婚後男方搬到女方家居住的生活模式。

避孕套 / 避孕套

台灣說法 保險套

丁克夫妻 / 丁克夫妻

台灣說法 頂客族

解釋 ☞ 指雙方都有工作收入，但沒有養兒育女的夫妻。

大男大女 / 大男大女

解釋 ☞ 又稱「大青年」，意指過了適婚年齡卻仍沒結婚的男女。

毛腳女婿 / 毛脚女婿

台灣說法 準女婿

解釋 ☞ 已確定即將成為他人女婿的人。

毛腳媳婦 / 毛脚媳妇

台灣說法 準媳婦

解釋 ☞ 已確定即將成為他人媳婦的人。

談情說愛篇

事實婚姻 / 事实婚姻　　台灣說法 同居

解 釋 ☞ 男女雙方並未辦理結婚登記，卻以婚姻生活的模式居住在一起。

持證待婚 / 持证待婚

解 釋 ☞ 男女雙方已經辦理過結婚手續，但是尚未舉行結婚儀式。

留守女士 / 留守女士

解 釋 ☞ 丈夫在國外留學，自己獨自留在國內生活的妻子。

留守男士 / 留守男士

解 釋 ☞ 妻子在國外留學，自己獨自留在國內生活的丈夫。

高價姑娘 / 高价姑娘

解 釋 ☞ 指在交往過程或婚姻生活中，花費男方許多錢的女子。

高價婚姻 / 高价婚姻

解 釋 ☞ 指聘金很高、聘禮很多，且婚宴花費高的婚禮。

情感商品 / 情感商品

解 釋 ☞ 富有設計感及情趣的小巧商品。

圍裙丈夫 / 围裙丈夫　　台灣說法 家庭主夫

解 釋 ☞ 以主持家務為正職，且沒有其他工作的已婚男子。

無價商品 / 无价商品

解 釋 ☞ 藥局免費提供的避孕用品。

無繩電話 / 无绳电话　　台灣說法 無線電話

電子信函 / 电子信函　台灣說法　電子郵件、E-mail

電腦紅娘 / 电脑红娘　台灣說法　網路交友中心

解釋 ☛ 利用電腦為媒介，促使男女相互認識的機構。

磁卡電話 / 磁卡电话　台灣說法　卡式電話

解釋 ☛ 使用磁卡撥號通話的公用電話。

廣告婚禮 / 广告婚礼　台灣說法　結婚啓事

解釋 ☛ 在媒體上發布結婚訊息的一種結婚形式。

鞭炮夫妻 / 鞭炮夫妻

解釋 ☛ 又稱為「儀式婚姻」。只有舉行放鞭炮等結婚儀式，但沒有正式登記的婚姻。

11

與運動迷交往必讀

球 / 球
台灣說法 壞球

解釋 ☞ 指棒球比賽中的壞球。

擊 / 击
台灣說法 好球

解釋 ☞ 指棒球比賽中的好球。

小球 / 小球

解釋 ☞ 羽毛球、乒乓球等小型球具的球類活動。

內場 / 内场
台灣說法 內野

解釋 ☞ 棒球場內,由本壘及一、二、三壘所圍成的範圍。

外場 / 外场
台灣說法 外野

解釋 ☞ 棒球場地中,一、二、三壘的接觸線與全壘打線間的範圍。

乒壇 / 乒坛
台灣說法 乒乓球界

芭賽 / 芭赛
台灣說法 芭蕾舞比賽

偷壘 / 偷垒
台灣說法 盜壘

解釋 ☞ 在棒球比賽中指跑壘員趁對方守備不注意時,盜向次一個壘包。

雞同鴨講

內地女:這場「芭賽」真精彩。
台灣男:芭蕾舞比賽叫「芭賽」,那棒球比賽豈不
　　　　就是「棒賽」?亂噁心的!
台灣男噁心指數:★★★★

國門 / 国门

解 釋 ☛ 國家足球隊守門員。

接手 / 接手

台灣說法 捕手

解 釋 ☛ 棒球比賽中,在本壘後方的守備隊員。

捧杯 / 捧杯

解 釋 ☛ 也就是我們常說「得冠軍、拿金牌」的意思。

掛鞋 / 挂鞋

解 釋 ☛ 運動員宣布退休,不再參加任何正式比賽。

晨練 / 晨练

台灣說法 晨運

解 釋 ☛ 早晨起來做運動。

混雙 / 混双

解 釋 ☛ 男女混合雙打的意思,多指網球、乒乓球等球類運動。

球盲 / 球盲

解 釋 ☛ 沒有一般球類運動常識的人。

奧星 / 奥星

解 釋 ☛ 奧運明星。

奧賽 / 奥赛

台灣說法 奧運

邊線 / 边线

台灣說法 界線

解 釋 ☛ 各類球賽中的界線。

13

談情說愛篇

三大球 / 三大球
解釋 ▸ 排球、籃球、足球的合稱。

外場手 / 外场手　　台灣說法 外野手
解釋 ▸ 棒球比賽中,防守外野的守備隊員。

平直球 / 平直球　　台灣說法 平飛球
解釋 ▸ 球賽中打擊手擊出的球,接近直線而平飛者。

本壘跑 / 本垒跑　　台灣說法 全壘打
解釋 ▸ 棒、壘球賽中,打擊手擊出越過全壘打線的球,依規則可安全的經由一、二、三壘回到本壘。

地滾球 / 地滚球　　台灣說法 保齡球、滾地球(棒球)

自由泳 / 自由泳　　台灣說法 自由式

決勝分 / 决胜分
解釋 ▸ 比賽最後關頭決定勝負的得分。

保健球 / 保健球
解釋 ▸ 放在手掌中來回轉動、可以活筋血脈的圓球,就像電視播放的時代劇中,大哥級人物手中掌玩的兩顆金屬圓球。

殘奧會 / 残奥会
解釋 ▸ 殘障奧運會。

主裁判員 / 主裁判员　　台灣說法 主審
解釋 ▸ 指足球、棒球等球類運動的主審裁判。

冰上舞蹈 / 冰上舞蹈

解釋 ☞ 花式溜冰的一種，又稱「冰舞」。花式溜冰簡稱為「花冰」。

安全進壘 / 安全进垒　　台灣說法 安全上壘

改期續賽 / 改期续赛　　台灣說法 保留比賽

解釋 ☞ 運動比賽因為某些因素而無法繼續，經由主辦單位和參賽者同意，保留比賽成績，擇期繼續比賽。

替補投手 / 替补投手　　台灣說法 中繼投手、救援投手

開局投手 / 开局投手　　台灣說法 先發投手

解釋 ☞ 指第一局擔任投手的球員。

內場騰空球 / 内场腾空球　台灣說法 內野高飛球

司壘裁判員 / 司垒裁判员　台灣說法 壘審

外場裁判員 / 外场裁判员　台灣說法 外野審

指定擊球員 / 指定击球员　台灣說法 指定代打者

跑壘員限制線 / 跑垒员限制线

解釋 ☞ 棒球比賽中壘包以外的三呎線，在此線外跑壘則無效。

15

⠿ 與文藝青年交往必讀 ⠿

凡高 / 凡高　　　　　台灣說法 梵谷

解釋 ☞ 荷蘭人，為後期印象派的代表畫家。

片荒 / 片荒

解釋 ☞ 指已有相當一段時間，沒有出現有深度的好片子。

美盲 / 美盲

解釋 ☞ 指缺乏審美眼光，又沒有美學常識的人。

配演 / 配演　　　　　台灣說法 配角

解釋 ☞ 在電影或戲劇中次要的角色，也可用來比喻擔任輔助工作的人。

乾唱 / 干唱　　　　　台灣說法 清唱

解釋 ☞ 指沒有音樂伴奏的歌唱方式。

葉芝 / 叶芝　　　　　台灣說法 葉慈

解釋 ☞ 愛爾蘭有史以來最偉大的詩人與劇作家，於1923年獲得諾貝爾文學獎。

簡裝 / 简裝　　　　　台灣說法 平裝

解釋 ☞ 以較軟的材質來製作書籍的封面。

薩特 / 萨特　　　　　台灣說法 沙特

解釋 ☞ 法國哲學家、文學家，存在主義代表人物，1905年出生於法國。

百花獎 / 百花奖

解釋 ☞ 中國電影家協會「大眾電影」編輯部舉辦，透過觀眾評選來決定勝負的電影獎項。

床上戲 / 床上戏
台灣說法 床戲

解釋 ☞ 指男女演員在床上演出動作極親密的戲碼。

金雞獎 / 金鸡奖
台灣說法 同台灣「金馬獎」

解釋 ☞ 中國電影家協會舉辦的電影評選活動，全名為「中國大陸電影金雞獎」。

柏遼茲 / 柏辽兹
台灣說法 白遼士

解釋 ☞ 法國音樂家，1803年出生，1830年完成其最有名的作品：「幻想交響曲」，奠定近代管絃樂法的基礎。

飛天獎 / 飞天奖
台灣說法 同台灣「金鐘獎」

解釋 ☞ 大陸電視劇的評選大獎，由中國電視劇藝術委員會主辦。

格里格 / 格里格
台灣說法 格雷哥

解釋 ☞ 希臘人(1541-1614)，最初遊學義大利，後來長居西班牙，人稱「希臘佬」的西班牙畫家。

梅花獎 / 梅花奖

解釋 ☞ 戲劇梅花獎誕生於1983年，是中國戲劇界優秀中青年演員的最高獎項，以「梅花香自苦寒來」為寓意。

畢加索 / 毕加索
台灣說法 畢卡索

解釋 ☞ 西班牙畫家、雕塑家、版畫家和舞臺設計人，為二十世紀知名度最高的藝術家。

莫差特 / 莫差特
台灣說法 莫札特

解釋 ☞ 有「音樂神童」之稱的奧地利音樂家，寫遍了各類型的音樂作品，同時在任一類都是個中翹楚。

達芬奇 / 达芬奇
台灣說法 達文西

解釋 ☞ 1452年生於義大利佛羅倫斯，為文藝復興最著名的畫家。

慢運動 / 慢运动
台灣說法 慢動作

解釋 ☞ 為了讓觀眾看清楚劇情的變化，所以將播放速度放慢，使影片中的動作變得緩慢的特殊效果。

福克納 / 福克纳　　　台灣說法 佛克納

解釋 美國自然主義小說家，於1949年獲得諾貝爾文學獎。

劉易斯 / 刘易斯　　　台灣說法 劉易士

解釋 美國小說家，1907年畢業於耶魯大學，於1930年獲得諾貝爾文學獎。

德彪西 / 德彪西　　　台灣說法 德布西

解釋 1862年出生於法國巴黎，為印象樂派創始者。

三大國粹 / 三大国粹

解釋 指平劇、國畫、中醫等三種中國傳統文化的精髓。

口水文學 / 口水文学

解釋 泛指文藝作品中，價值極低的那一類。

內部發行 / 内部发行

解釋 沒有國際書號，只有在中國境內發行的出版情況。

文化快餐 / 文化快餐　　　台灣說法 有聲書

解釋 有聲音的文學作品，或指內容通俗易懂、粗淺沒有內涵的短篇作品。

文化扶貧 / 文化扶贫

解釋 支援補助因經費不足而營運困難的藝文團體。

雞同鴨講

內地女：有套「文化快餐」不錯，有機會您參考一下。
台灣男：太好了，不如中午就去吃吧，我正好肚子餓了呢！
台灣男飢渴指數：★★★

灰色影片 / 灰色影片　[台灣說法] 大爛片

解釋 ☞ 製作品質不良且內容低劣的電影。

地攤文學 / 地摊文学

解釋 ☞ 為了迎合一般大眾的口味，而發行的通俗出版品，如：命理書、食譜、言情小說等。因素質普遍不高，所以只能在地攤兜售。

車間文學 / 车间文学

解釋 ☞ 描述工廠裡車間生活的文學作品。

咖啡文章 / 咖啡文章

解釋 ☞ 指心思細膩的女作家，藉由平易近人的詮釋方式，來表達對生活的觀察及感觸，其作品能帶給讀者興奮的感覺。

穿鞋戴帽 / 穿鞋戴帽

解釋 ☞ 指在文章的前段或末段中，一些沒有內容且含有說教意味的場面話。

普利策獎 / 普利策奖　[台灣說法] 普立茲獎

解釋 ☞ 最初是由報業先驅約瑟夫普立茲捐贈五十萬元而成立，自1917年起每年都有頒發獎項。普立茲視自己為人民的先驅、民主的發言人，他窮一生之力提升報業的水準。

傷痕文學 / 伤痕文学

解釋 ☞ 描述文化大革命帶給大陸人民身體、心靈傷害的作品。

漢姆雷特 / 汉姆雷特　[台灣說法] 哈姆雷特

解釋 ☞ 莎士比亞的四大悲劇之一，也是莎翁筆下最長的劇本，取材於基特的西班牙悲劇，又稱王子復仇記。

巴羅克藝術 / 巴罗克艺术　[台灣說法] 巴洛克藝術

解釋 ☞ 文藝復興時代之後流行於歐洲的美術風格，源起於十六世紀後期的義大利，發揚光大於十七世紀到十八世紀初期。

談情說愛篇

米開朗琪羅 / 米开朗琪罗 台灣說法 米開朗基羅

解釋 ☞ 文藝復興時期的義大利全才藝術家，出生於多斯加尼的卡普列賽，擅長繪畫、雕刻、建築、作詩。

哥特式藝術 / 哥特式艺术 台灣說法 哥德式藝術

解釋 ☞ 「哥德式」主要是指建築風格，再推及繪畫、雕刻及裝飾。哥德式建築的典型特色是尖的拱門、飛樑（傾斜的拱壁）、大型彩色玻璃窗等。

索爾仁尼琴 / 索尔仁尼琴 台灣說法 索忍尼辛

解釋 ☞ 蘇俄著名流亡作家，為1978年諾貝爾文學獎得主。

陀思妥耶夫斯基 / 陀思妥耶夫斯基 台灣說法 杜斯妥也夫斯基

解釋 ☞ 俄國小說家，1821年誕生於莫斯科，留下許多影響西方世界偉大思想家和作家的名著，為世界文學作家中的巨人。

與工程師交往必讀

內存 / 内存

台灣說法 隨機存取記憶體、RAM

解釋 ☛ 可由電腦或其他裝置暫時寫入或讀取的記憶體，又稱「內儲」或「隨機存取儲存器」。

比特 / 比特

台灣說法 位元、二進位數字、Bit

解釋 ☛ bit的直接翻譯，它是電腦處理資料的最小表示單位。一個位元代表二進位數中的0或1。

主存 / 主存

台灣說法 主記憶體

解釋 ☛ 電腦儲存資料或程式用的記憶體。

光標 / 光标

台灣說法 游標

解釋 ☛ 電腦螢光幕上的指示標幟，藉以表示正要輸入字元所在的位置。

列行 / 列行

台灣說法 行列

解釋 ☛ 與台灣用詞正好相反。

字段 / 字段

台灣說法 欄位

字符 / 字符

台灣說法 字元

解釋 ☛ 一組符號中的一個符號。通常包括十進位制數字0到 9、字母 A到 Z、運算符號以及其他電腦可處理的單一字符。

字節 / 字节

台灣說法 位元組、Byte

解釋 ☛ 一組八個位元組合。

色粉 / 色粉

台灣說法 碳粉

談情說愛篇

掛機 / 挂机　　　　　　[台灣說法] 連線

解釋 ☞ 電子資料傳輸中，一種以處理透過通信線路交互傳送資料的操作模式。

軟盤 / 软盘　　　　　　[台灣說法] 軟碟

解釋 ☞ 一種電腦儲存裝置。

硬盤 / 硬盘　　　　　　[台灣說法] 硬碟

解釋 ☞ 一種電腦儲存裝置。密封式的磁碟機，記憶容量很大。

窗口 / 窗口　　　　　　[台灣說法] 視窗

解釋 ☞ 一種使用於多處理環境中的軟體裝置，能使終端機同時執行數個程序。

鼠標 / 鼠标　　　　　　[台灣說法] 滑鼠

解釋 ☞ 一種用於電腦繪圖的指示器。能在電腦螢幕上顯示指標，隨意移動。

磁盤 / 磁盘　　　　　　[台灣說法] 磁碟

網絡 / 网络　　　　　　[台灣說法] 網路

分辨率 / 分辨率　　　　[台灣說法] 解析度

存儲器 / 存储器

解釋 ☞ 泛指記憶體或磁碟等資料儲存裝置。

命令行 / 命令行　　　　[台灣說法] 命令列

服務器 / 服务器	台灣說法 伺服器
計算機 / 计算机	台灣說法 電腦
個人機 / 个人机	台灣說法 個人電腦、PC
軟設備 / 软设备	台灣說法 軟體
通配符 / 通配符	台灣說法 萬用字元
視保屏 / 视保屏	台灣說法 護目鏡

解釋 ☞ 即「視力保護屏幕」。

| 電腦賊 / 电脑贼 | 台灣說法 電腦駭客 |
| 緩衝區 / 缓冲区 | 台灣說法 暫存區 |

雞同鴨講

內地女：這個「電腦賊」太囂張了，東西全不見了！
台灣男：這小偷真過分，我去幫你報警。
內地女痛哭指數：★★★★★

談情說愛篇

文字處理 / 文字处理　　台灣說法　文書處理

外圍設備 / 外围设备　　台灣說法　週邊設備

意外停機 / 意外停机　　台灣說法　當機

解釋 ☞ 電腦發生故障，暫時無法使用的現象。

電腦磁碟 / 电脑磁碟　　台灣說法　磁碟（機）

操作系統 / 操作系统　　台灣說法　作業系統

只讀存儲器 / 只读存储器　台灣說法　唯讀記憶體、ROM

解釋 ☞ 只能讀取不能修改的記憶體

便攜式電腦 / 便携式电脑　台灣說法　手提式電腦

臺式計算機 / 台式计算机　台灣說法　桌上型電腦

手持式計算機 / 手持式计算机　台灣說法　筆記型電腦

解釋 ☞ 又稱「筆記本」。

24

職場必勝篇

名詞解釋

人梯 / 人梯
解釋 ☞ 犧牲自己來成就他人事業的人。

三包 / 三包
解釋 ☞ 指公司對顧客須附有包換、包退、包修的產品售後服務。

三產 / 三产
台灣說法 服務業
解釋 ☞ 即「第三產業」。

下馬 / 下马
解釋 ☞ 中斷或停止某項重大的工程或計畫。

大腕 / 大腕
台灣說法 重量級人物
解釋 ☞ 指在某領域中，具有本事、權勢、名氣等地位舉足輕重的人。

工齡 / 工龄
台灣說法 年資
解釋 ☞ 個人在機關團體中任職的時間與資歷。

中標 / 中标
台灣說法 得標
解釋 ☞ 在投標活動中獲得勝利。

內招 / 内招
台灣說法 招待所
解釋 ☞ 機關團體內部所設置的招待所。

公油 / 公油
解釋 ☞ 由公家所提供的免費油票。

加點 / 加点
台灣說法 加班

包點 / 包点
解 釋 ☞ 承包某項工作或工程的意思。

卡爺 / 卡爷
解 釋 ☞ 常給民眾難堪，並有後台支撐的囂張辦事人員。

外企 / 外企
台灣說法 外商

白班 / 白班
台灣說法 日班
解 釋 ☞ 工作時間在白天的班。

白條 / 白条
解 釋 ☞ 不合報帳統一格式的單據。

穴價 / 穴价
解 釋 ☞ 演藝人員趁演出空檔到各地作秀的酬勞。

低谷 / 低谷
台灣說法 谷底
解 釋 ☞ 又稱「低峰」，指事業處於狀況極差或不景氣的狀態。

低檔 / 低档
台灣說法 次級
解 釋 ☞ 等級低。

坐班 / 坐班
台灣說法 當班、上班

職場必勝篇

抄肥 / 抄肥
台灣說法 賺外快、兼差
解釋 ➤ 又稱「走穴」、「炒更」，除了正職以外的額外收入。

批文 / 批文
台灣說法 許可證

拍品 / 拍品
解釋 ➤ 拍賣的商品。

明貼 / 明贴
解釋 ➤ 看得見的補貼。

板報 / 板报
解釋 ➤ 又稱「黑板報」。將公布事項寫在黑板上供人參考。

盲流 / 盲流
解釋 ➤ 從外地來城市討生活，但沒有固定工作與戶口的人。

長休 / 长休
台灣說法 休長假
解釋 ➤ 指休長假或死亡。

俏貨 / 俏货
台灣說法 熱門商品
解釋 ➤ 行情看漲的HITO商品。

俏價 / 俏价
解釋 ➤ 產品因大賣而提高價錢。

封頂 / 封顶
解釋 ➤ 規定薪水或獎金的最高限額。

待青 / 待青　　　台灣說法　待業者

解 釋 ➡ 等待就業的人。

省優 / 省优

解 釋 ➡ 省級機關所評鑑的優良商品。

國優 / 国优

解 釋 ➡ 國家相關部門機關所評鑑的優良商品。

部優 / 部优

解 釋 ➡ 國務院相關機構所評鑑的優良產品。

倒休 / 倒休　　　台灣說法　調班

解 釋 ➡ 與其他人交換工作時間。

消腫 / 消肿　　　台灣說法　精簡人事、減肥

解 釋 ➡ 企業裁減冗員以減低人事成本。

浮聘 / 浮聘

解 釋 ➡ 「浮動聘任」的簡稱。指依員工的工作績效，來決定是否繼續雇用。

病休 / 病休　　　台灣說法　病假

缺編 / 缺编

解 釋 ➡ 雇用的員工數尚未到達標準，指編制內尚有缺額。

高工 / 高工　　　台灣說法　高級工程師

高檔 / 高档

台灣說法 高級、上等

偷稅 / 偷税

台灣說法 逃漏稅

副高 / 副高

解釋 ☞ 高級職稱中的副手，如：副教授、副總工程師等。

商嫂 / 商嫂

台灣說法 老闆娘

崗齡 / 岗龄

台灣說法 年資

解釋 ☞ 任職於某一工作的時間。

掛職 / 挂职

解釋 ☞ 保留原有的職位，到另一單位去從事短期的工作或學習。

脫產 / 脱产

台灣說法 離職

頂班 / 顶班

台灣說法 代班

頂價 / 顶价

台灣說法 天價

解釋 ☞ 極高的價格。

尋呼 / 寻呼

台灣說法 呼叫

揭牌 / 揭牌
台灣說法 剪綵

解 釋 ➡ 正式營業的意思。

換筆 / 换笔

解 釋 ➡ 文字工作者以電腦從事創作。

期房 / 期房
台灣說法 預售屋

解 釋 ➡ 未開始搭建而預先銷售的房屋,大多以樣品屋及設計藍圖加以介紹推銷。

棚霸 / 棚霸

解 釋 ➡ 指在演藝圈的攝影棚中,任性刁難他人的惡人。

買難 / 买难

解 釋 ➡ 商品採購的困難之處。

跑漏 / 跑漏
台灣說法 逃漏稅

搭伴 / 搭伴
台灣說法 搭檔

解 釋 ➡ 同組的工作伙伴。

暗貼 / 暗贴

解 釋 ➡ 暗中貼補某員工的薪水,以達獎勵甚至收買的目的。

歇班 / 歇班
台灣說法 休假

窩贓 / 窝赃
台灣說法 買贓

31

解 釋 ➡ 購買、收藏贓物等不法的行為。

網點 / 网点

解釋 ☞ 多指服務站或銷售點。

臺聯 / 台联

解釋 ☞ 「臺灣同胞聯誼會」的簡稱。

臺屬 / 台属

解釋 ☞ 去臺人員家屬的簡稱

廠休 / 厂休 　　　　　台灣說法 休假日

解釋 ☞ 不上班的日子，又稱「廠禮拜」。

廠點 / 厂点

解釋 ☞ 工廠的所在位置。

潛虧 / 潜亏

解釋 ☞ 尚未反應到帳面數字上的虧損。

熱貨 / 热货 　　　　　台灣說法 搶手貨

解釋 ☞ 與「冷貨」正好相反。

練攤 / 练摊 　　　　　台灣說法 擺地攤

解釋 ☞ 擺攤子賣東西。

編餘 / 编馀

解釋 ☞ 將人員編制重新調整後所多餘出來的人員。

調資 / 调资

解釋 ☞ 調整薪資，又稱「工調」。

賣難 / 卖难

解 釋 ➡ 商品銷售的困難之處。

銷價 / 销价

台灣說法 售價

靠邊 / 靠边

解 釋 ➡ 指離職後的人，失去原有職務所享有的權益。

餘熱 / 余热

解 釋 ➡ 指已退休的人，仍具有充沛的精神與體力。

儒商 / 儒商

解 釋 ➡ 具有讀書人氣質的商人。

錄像 / 录像

台灣說法 錄影

優化 / 优化

台灣說法 改進、改善

虧產 / 亏产

解 釋 ➡ 產量未達預期目標。

擴銷 / 扩销

台灣說法 促銷

解 釋 ➡ 廠商運用減價、附贈物品等各種方法，刺激消費者對產品產生購買意願，而促使產品大量銷售。

斷檔 / 断档

台灣說法 缺貨

解 釋 ➡ 又稱「脫銷」。

職場必勝篇

轉崗 / 转岗
台灣說法 ☞ 換工作

雙優 / 双优
解釋 ☞ 品質與服務皆優良。

壞帳 / 坏帐
台灣說法 ☞ 呆帳
解釋 ☞ 會計上指放出的款項或貨帳收不回來。

攤床 / 摊床
台灣說法 ☞ 攤位

讓利 / 让利
台灣說法 ☞ 打折、折扣、折價

人平獎 / 人平奖
解釋 ☞ 不以工作的表現與貢獻來衡量，每個人都得到一樣的獎賞。

土專家 / 土专家
解釋 ☞ 未經過任何專業訓練，只是長年專注於某一領域，或擁有某項專長的人。

大三口 / 大三口
解釋 ☞ 指由父母及滿十六歲的子女，所組成的三人家庭。

大家拿 / 大家拿
台灣說法 ☞ 公器私用
解釋 ☞ 指公私不分，將公家的物品挪為私人用途使用。

大鍋菜 / 大锅菜
解釋 ☞ 指工廠的滯銷品或新的平均主義分配制度。

大鍋債 / 大锅债

解 釋 ☞ 因平均主義分配制度造成的無法償還的債務。

工間操 / 工间操　　　[台灣說法] 工作操

解 釋 ☞ 在上班時間中，安排固定時段讓員工集體做體操，以提昇工作士氣。

工薪房 / 工薪房

解 釋 ☞ 一般人買得起的平價房子。

半截美 / 半截美　　　[台灣說法] 發財車

解 釋 ☞ 又稱「的士頭」。

打工妹 / 打工妹　　　[台灣說法] 女工

解 釋 ☞ 在工廠做工的女子。

打印機 / 打印机　　　[台灣說法] 印表機

生物鐘 / 生物钟　　　[台灣說法] 生理時鐘

白皮貨 / 白皮货

解 釋 ☞ 未貼商標的產品。

光榮榜 / 光荣榜　　　[台灣說法] 榮譽榜

解 釋 ☞ 將表現優異的員工的檔案、照片、事蹟，張貼在公布欄上。

合同工 / 合同工　　　[台灣說法] 聘僱人員

35

解 釋 ☞ 以簽訂合約的模式，所招募進入公司的員工。

回頭客 / 回头客

台灣說法 老顧客、常客

多介質 / 多介质

台灣說法 多媒體

灰收入 / 灰收入

解釋 ▶ 不違法的兼差收入。

泥飯碗 / 泥饭碗

解釋 ▶ 依工作能力高低與貢獻度,來決定個人薪資與獎金,可使員工具備高度危機感的工作。

泡病號 / 泡病号

解釋 ▶ 請病假在家休息,也可用來諷刺一點小病就要請假的人。

空殼社 / 空壳社

解釋 ▶ 資金匱乏的公司。

返修率 / 返修率

解釋 ▶ 商品在保固期內因故障而送回原廠家復修的比率。

門子貨 / 门子货

台灣說法 走後門

解釋 ▶ 沒有真才實學,須靠關係找工作的人。

青春飯 / 青春饭

解釋 ▶ 指有年齡限制,僅有年輕人才可從事的行業,如:明星、模特兒等。

促銷函 / 促销函

台灣說法 廣告信函

流水線 / 流水线   台灣說法 生產線

活工資 / 活工资

解 釋 ➥ 依員工貢獻大小而調整的薪資。

穿小鞋 / 穿小鞋   台灣說法 公報私仇

解 釋 ➥ 利用工作上的職權暗地裡陷害他人，「小鞋」有報復的意思。

紅旗手 / 红旗手   台灣說法 楷模

解 釋 ➥ 各行各業中表現優異，足以為表率的人。

貢獻房 / 贡献房

解 釋 ➥ 對在工作上有重大貢獻或優良表現的員工，所予以分配的房子。

商住樓 / 商住楼   台灣說法 商用大樓

解 釋 ➥ 由公司購買或租用的綜合辦公大樓。

條狀圖 / 条状图   台灣說法 長條圖

產供銷 / 产供销

解 釋 ➥ 生產、供應、銷售。

軟任務 / 软任务

解 釋 ➥ 指時間不急迫的工作項目。

軟著陸 / 软著陆

解 釋 ➥ 用較和緩的手段來達成目標。

職場必勝篇

單面手 / 单面手

解釋 ➤ 只具備某項技能的人。

單幹風 / 单干风　　　台灣說法 獨行俠

解釋 ➤ 獨自作業而不與他人合作的風氣。

殘次品 / 残次品　　　台灣說法 瑕疵品

解釋 ➤ 不合標準的產品或次級品。

硬環境 / 硬环境　　　台灣說法 硬體設備

解釋 ➤ 指工作環境中的硬體設施，如：廠房、交通等。

郵遞員 / 邮递员　　　台灣說法 郵差、郵務士

黃帽子 / 黃帽子

解釋 ➤ 特別在市區或黨政機關前設立的黃色箱蓋的郵筒，其運送信件速度較一般郵筒快。

溫飽線 / 温饱线

解釋 ➤ 維持生活所需的最低收入標準。

腦流失 / 脑流失　　　台灣說法 人才外流

解釋 ➤ 指有能力的人才離職。

落地價 / 落地价

解釋 ➤ 將貴重或體積較大的物品送到店家維修時，所額外酌收的置物費。

過節費 / 过节费　　　台灣說法 加菜金

寫字樓 / 写字楼

解 釋 ➤ 指商業辦公室。原是香港人的習慣用語,現以普遍流行於內地。

操心費 / 操心费

台灣 說法 紅包、佣金

錢袋子 / 钱袋子

解 釋 ➤ 指資金的來源。

雙休日 / 双休日

台灣 說法 週休二日

雙肩挑 / 双肩挑

解 釋 ➤ 同時擔任管理與執行雙重任務。

鐵工資 / 铁工资

解 釋 ➤ 固定保障的薪資,不受工作績效等其他因素影響。

鐵交椅 / 铁交椅

台灣 說法 鐵飯碗

解 釋 ➤ 又稱「鐵板凳」、「鐵椅子」,指非常穩固的職務。

露水官 / 露水官

解 釋 ➤ 任期不長的主管職務。

QC小組 / QC小组

台灣 說法 品管部門

工薪階層 / 工薪阶层

台灣 說法 上班族

解 釋 ➤ 按月領薪的社會階層。

工薪顧客 / 工薪顾客

解 釋 ☞ 一般社會大眾。

支柱行業 / 支柱行业

解 釋 ☞ 能夠帶動社會經濟發展的行業。

支柱產品 / 支柱产品

解 釋 ☞ 最賣錢、能維持公司營運的產品。

文件旅遊 / 文件旅游

解 釋 ☞ 指文件處理過程過於繁瑣耗時，使工作效率低。

火箭幹部 / 火箭干部

解 釋 ☞ 指升職的速度極快，有諷刺的意味。

王牌工業 / 王牌工业

解 釋 ☞ 各方面都具有競爭力的工業部門。

王牌商品 / 王牌商品

解 釋 ☞ 具有競爭力且高品質的產品。

可視會議 / 可视会议　　　台灣說法　視訊會議

解 釋 ☞ 利用電腦網路及電腦的影音技術所開的會議。

―― 雞同鴨講 ――

內地女：沒想到他們竟然是「皮包公司」，這下我
完蛋了。

台灣男：妳連皮包都分不清楚，那可就鬧笑話囉！

內地女抓狂指數：★★★★

皮包公司 / 皮包公司　　　台灣說法 空頭公司

丟失電話 / 丟失电话

解釋 ➡ 打電話至某單位諮詢問題，電話雖然接通，卻沒有說話就掛掉。

全額浮動 / 全额浮动

解釋 ➡ 依員工的績效來發薪水。

有償服務 / 有偿服务

解釋 ➡ 需收取費用的服務。

有償辭職 / 有偿辞职

解釋 ➡ 員工離職時，由服務單位支付一定的離職津貼。

豆腐紀律 / 豆腐纪律　　台灣說法 一盤散沙

解釋 ➡ 指非常鬆散的紀律。

受獎產品 / 受奖产品　　台灣說法 得獎產品

拉鍊工程 / 拉链工程

解釋 ➡ 因事前規劃不周詳，致使施工反覆的工程。

服務明星 / 服务明星

解釋 ➡ 指服務品質好，深受客戶肯定的服務人員。

知識產權 / 知识产权　　台灣說法 智慧財產權

41

職場必勝篇

長線行業 / 长线行业

解 釋 ☛ 指此行業人才供過於求。

長線產品 / 长线产品

解 釋 ☛ 生產過剩的產品。

門前三包 / 门前三包

解 釋 ☛ 各商家或機關需負責門前的三項工作，即：維持環境衛生、路旁綠化、社會秩序。

保價信函 / 保价信函　　🔲台灣說法 報值掛號

解 釋 ☛ 使用郵局的特製信封，以寄送有價票證等郵件。

玻璃飯碗 / 玻璃饭碗

解 釋 ☛ 指不穩定且缺乏保障的工作。

特快專遞 / 特快专递　　🔲台灣說法 快遞 / 快捷郵件

解 釋 ☛ 又稱「速遞」。

骨頭工程 / 骨头工程

解 釋 ☛ 指難度高的工程，如同堅硬難啃的骨頭。

高價老頭 / 高价老头

解 釋 ☛ 再度找到高薪工作的已退休男人。

偽劣商品 / 伪劣商品　　🔲台灣說法 仿冒品、劣級品

解 釋 ☛ 仿冒、劣質的商品。

崗位津貼 / 岗位津贴　　🔲台灣說法 職務津貼

解 釋 ☛ 又稱「崗位練兵」。

崗位培訓 / 岗位培训　　　台灣說法　在職訓練

第一職業 / 第一职业　　　台灣說法　正職

解釋 ☛ 原本的職位。

第二職業 / 第二职业　　　台灣說法　副業

解釋 ☛ 利用閒暇，於正職之外附帶經營的其他事業。

脫產學習 / 脱产学习　　　台灣說法　留職進修

解釋 ☛ 暫時離開工作去進修。

勞動保險 / 劳动保险

解釋 ☛ 又稱「病假工資」，與台灣的勞工保險不同。

就業空白 / 就业空白　　　台灣說法　冷門行業

解釋 ☛ 指多數人不願意從事或無人從事的行業。

短線產品 / 短线产品

解釋 ☛ 供不應求的商品。

黑板經理 / 黑板经理

解釋 ☛ 不適任就下台的經理，就像寫在黑板上的字隨時可被擦掉。

雞同鴨講

內地女：你們公司全是廢物，不是「黑板經理」就
　　　　是「萬金油幹部」。

台灣男：我們經理不賣黑板，而且我們也不生產萬
　　　　金油。

台灣男趾高氣昂指數：★★★★

職場必勝篇

窗口行業 / 窗口行业

解 釋 ☞ 運用窗口來接洽事務的行業，如：銀行。

監督電話 / 监督电话　　　　台灣說法　投訴專線

緊俏商品 / 紧俏商品

解 釋 ☞ 銷售奇佳的商品。

齊抓共管 / 齐抓共管

解 釋 ☞ 為提高效率，聯合有關單位共同管理。

標準工資 / 标准工资

解 釋 ☞ 員工的薪資依規定有一定的標準。

標誌產品 / 标志产品

解 釋 ☞ 貼有「亞洲運動會」標誌的產品。

獎勵時間 / 奖励时间

解 釋 ☞ 對於工作表現良好的員工，給予額外的休假福利。

編餘人員 / 编馀人员　　　　台灣說法　冗員

解 釋 ☞ 因為縮編而多餘出來的人員。

質量管理 / 质量管理　　　　台灣說法　品質管制

銷後服務 / 销後服务　　　　台灣說法　售後服務

44

解 釋 ☞ 又稱為「跟蹤服務」。指製造商或販賣店出售商品後，對商品品質的保證與維修提供的服務。

導購小姐 / 导购小姐　　台灣說法 專櫃小姐

解 釋 ➟ 在百貨公司從事產品促銷的年輕女性。

諮詢公司 / 咨询公司　　台灣說法 顧問公司

頭腦企業 / 头脑企业

解 釋 ➟ 提供諮詢服務的機構。

優質優價 / 优质优价

解 釋 ➟ 品質優、價位高的產品。

隱形收入 / 隐形收入

解 釋 ➟ 薪資以外的非薪資收入，例如提供住宿等員工福利。

隱性虧損 / 隐性亏损

解 釋 ➟ 無法從帳面數字反應出的實際虧損。

歸口管理 / 归口管理　　台灣說法 統籌管理

翻牌公司 / 翻牌公司

解 釋 ➟ 原為國家行政單位，現已改頭換面、重新改組成另一個公司。

雙軌價格 / 双轨价格

解 釋 ➟ 指商品的定價與售價。

邊緣產品 / 边缘产品

解 釋 ➟ 結合兩種以上產品的優勢而研發出來的新商品。

45

職場必勝篇

鬍子工程 / 胡子工程

解 釋 ☛ 指欠缺效率，遲遲無法完工的工程。

霸王合同 / 霸王合同

解 釋 ☛ 被迫簽訂而權益受損的不合理合約。

工人文化宮 / 工人文化宫

解 釋 ☛ 即「工人文化中心」，提供工人舉辦藝文活動或開會的場地。

服務一條龍 / 服务一条龙

解 釋 ☛ 一連串相互銜接配合的服務。

連帶上班制 / 连带上班制

解 釋 ☛ 不增加人手的情況下，增加每個人工作時數的制度。

萬金油幹部 / 万金油干部

解 釋 ☛ 對工作都能應付了事，卻無特殊專長的幹部。

靜電照相印刷機 / 静电照相印刷机 [台灣說法] 雷射印表機

職場生態類

下崗 / 下岗

解釋 ☞ 從原有的工作退下來。

下鄉 / 下乡

解釋 ☞ 知識份子到農村去工作。

上馬 / 上马

台灣說法 開工

上崗 / 上岗

台灣說法 工作、值勤

內耗 / 内耗

解釋 ☞ 部門內鬥造成整個團隊烏煙瘴氣、戰鬥力耗損。

分成 / 分成

台灣說法 抽成

出包 / 出包

解釋 ☞ 出面承包工程。

包片 / 包片

解釋 ☞ 承包並負責某領域的工作。

平疲 / 平疲

解釋 ☞ 銷售狀況普通。

47

扒分 / 扒分

解 釋 ➡ 暗指兼差所得的收入。

吃私 / 吃私

解 釋 ➡ 暗中收取的好處。

回聘 / 回聘

解 釋 ➡ 重新雇用曾被解聘的人員。

行俏 / 行俏

台灣說法 看俏、看好

冷銷 / 冷销

解 釋 ➡ 商品銷售情況不良好。

快銷 / 快销

台灣說法 暢銷

解 釋 ➡ 又稱「旺銷」、「俏銷」、「熱銷」。

攻短 / 攻短

解 釋 ➡ 克服自己的缺點。

攻關 / 攻关

台灣說法 突破瓶頸

更金 / 更金

解 釋 ➡ 指晚上兼差的收入。

走穴 / 走穴

解 釋 ➡ 藝文團體的演出者，利用演出空檔去參與其他表演，以賺取外快。

官倒 / 官倒　　　台灣說法　官商勾結

解 釋 ☞ 政商勾結,從事不當買賣行為。

返聘 / 返聘

解 釋 ☞ 因業務需要,重新雇用已退休的人。

待工 / 待工

解 釋 ☞ 員工不再擔任原來的職務,並等待其他的安排。

倒官 / 倒官

解 釋 ☞ 以較好的職位為條件來牟取利益。

捐資 / 捐资　　　台灣說法　捐款

缺售 / 缺售　　　台灣說法　缺貨

掉價 / 掉价　　　台灣說法　跌價

掉檔 / 掉档

解 釋 ☞ 降低等級。

斬客 / 斬客

解 釋 ☞ 以不正當手段欺瞞消費者,以獲取暴利。

混崗 / 混岗　　　台灣說法　摸魚

解 釋 ☞ 敷衍了事的工作態度。

49

職場必勝篇

牽頭 / 牵头

解釋 ☛ 多方合作一專案時，所推派出的聯絡人或單位。

脫鉤 / 脱钩

解釋 ☛ 雙方不再有合作的關係。

脫檔 / 脱档

台灣說法 缺貨

創收 / 创收

解釋 ☛ 創造本行業以外的收入。

短腿 / 短腿

解釋 ☛ 指公司競爭環境或方針還不成氣候。

進分 / 进分

台灣說法 進帳

解釋 ☛ 收入的款項

滑坡 / 滑坡

台灣說法 下滑

試點 / 试点

解釋 ☛ 試賣的場所。

厭產 / 厌产

解釋 ☛ 強制減少或停止生產。

調試 / 调试

50

解釋 ☛ 對機器設備進行調整與測試。

適銷 / 适销

解 釋 ➥ 指商品符合市場需求且大賣。

壓貨 / 压货

解 釋 ➥ 將貨品暫時積壓在車站等處。

壓港 / 压港

解 釋 ➥ 將貨品暫時積壓在港口。

轉產 / 转产

解 釋 ➥ 停產原有商品,改生產其他產品。

轉銷 / 转销

解 釋 ➥ 將產品轉到其他地方銷售。

一刀切 / 一刀切

解 釋 ➥ 用同一種模式來解決問題,而不考慮客觀環境的差異。

大會戰 / 大会战

解 釋 ➥ 結合各種力量完成同一目標。

中梗阻 / 中梗阻

解 釋 ➥ 因中層幹部失職的緣故,使上、下層無法順利溝通。

半脫產 / 半脱产　　　　　台灣說法　兼職人員

解 釋 ➥ 非全職工作者。

時間差 / 时间差

解 釋 ➥ 時間上的差異或因此產生的效應,例如記者會開始的時間往往與預定
的不同,或台北的流行資訊會比其他縣市來得快。

職場必勝篇

隨大流 / 随大流

解釋 ☞ 又稱「隨大溜」，指沒有自己意見、隨波逐流的人。

虧損飯 / 亏损饭

台灣說法 入不敷出

翻筋斗 / 翻筋斗

解釋 ☞ 以高於原價甚至更多倍的價錢賣出，又稱「翻跟頭」、「翻跟斗」。

顧離退 / 顾离退

解釋 ☞ 已滿退休年限的人員轉任顧問，或直接退休的狀況。

一次競爭 / 一次竞争

解釋 ☞ 指開發優良產品及提昇品質方面的競爭。

二次競爭 / 二次竞争

解釋 ☞ 指商品售後服務方面的競爭。

三公原則 / 三公原则

解釋 ☞ 公平、公正、公開。

上不封頂、下不保底 / 上不封顶、下不保底

解釋 ☞ 發放員工獎金沒有最高與最低的限制。

半勞動力 / 半劳动力

解釋 ☞ 因體力差而無法從事粗重工作的人。

在職失業 / 在职失业

解釋 ☞ 指冗員過多，許多人無事可做的現象。

成龍配套 / 成龙配套

解 釋 ➡ 完整的配套系統。

定牌生產 / 定牌生产

解 釋 ➡ 接受委託生產某品牌的商品。

啞巴服務 / 哑巴服务

解 釋 ➡ 指服務人員的態度冷漠，欠缺工作熱忱。

國吃國喝 / 国吃国喝

解 釋 ➡ 以公款來支付吃喝玩樂的花費。

情感促銷 / 情感促销

解 釋 ➡ 利用人性弱點慫恿消費者購買。

掛牌服務 / 挂牌服务

解 釋 ➡ 工作人員佩帶名牌服務顧客。

產銷掛鉤 / 产销挂钩

解 釋 ➡ 產銷單位建立合作的關係。

跑冒滴漏 / 跑冒滴漏

解 釋 ➡ 指財務、資金等有形無形的虧損。

━ 雞同鴨講 ━

內地女：我們公司產銷運輸全是「成龍配套」的。
台灣男：真有一套，可是為何非成龍不可？
內地女莫名其妙指數：★★★

53

廠內失業 / 厂内失业

解釋 ► 指工廠內重新分配人力後,所多餘出的人員。

質量跟蹤 / 质量跟踪

解釋 ► 產品推出後,持續追蹤調查消費者的反應。

鞭打快牛 / 鞭打快牛

解釋 ► 增加工作量給表現優異或能幹的人。

一碗水端平 / 一碗水端平

解釋 ► 公正、不偏袒的處事態度。

兩條腿走路 / 两条腿走路

解釋 ► 做事要考慮周詳、兼顧雙方。

雞同鴨講

內地女:為什麼老闆都只會「鞭打快牛」呢?

台灣男:他們平常除了上班還要兼做畜牧業,很辛苦的ㄟ。

台灣男裝懂指數:★★★★

科技類用語

鈈 / 钚 　　　　　　　　台灣說法 鈽

解 釋 ➡ 放射性元素之一，其元素符號為Pu。

䥑 / 𬭶 　　　　　　　　台灣說法 鉿

解 釋 ➡ 化學元素之一，其元素符號為Ha。

鋂 / 镅 　　　　　　　　台灣說法 鋂

解 釋 ➡ 放射性元素之一，其元素符號為Am。

鐦 / 锎 　　　　　　　　台灣說法 鉲

解 釋 ➡ 放射性元素之一，其元素符號為Cf。

鑥 / 镥 　　　　　　　　台灣說法 鎦

解 釋 ➡ 金屬元素之一，其元素符號為Lu。

鈁 / 钫 　　　　　　　　台灣說法 鍅

解 釋 ➡ IA，其元素符號為Fr。

鑪 / 𬬻 　　　　　　　　台灣說法 鑪

解 釋 ➡ 化學元素之一，其元素符號為Rf。

砹 / 砹 　　　　　　　　台灣說法 砈

解 釋 ➡ 鹵元素之一，其元素符號為A+。

鍀 / 锝 　　　　　　　　台灣說法 鎝

解 釋 ➡ 放射性元素之一，其元素符號為Tc。

職場必勝篇

鐦 / 锫
台灣說法　鉳

解 釋 ➡ 放射性元素之一，其元素符號為Bk。

鑀 / 锿
台灣說法　鑀

解 釋 ➡ 放射性元素之一，其元素符號為Es。

錼 / 镎
台灣說法　錼

解 釋 ➡ 放射性元素之一，其元素符號為Np。

水能 / 水能

解 釋 ➡ 利用水資源而引發出來的能量，如：水力發電。

四氣 / 四气

解 釋 ➡ 煤氣、蒸氣、沼氣、天然氣。

矢量 / 矢量
台灣說法　向量

光盤 / 光盘
台灣說法　光碟（片）

光纜 / 光缆

解 釋 ➡ 由數條光纖集束而成的纜狀物，能增強傳輸的速度和增大容量。

芯片 / 芯片
台灣說法　晶片/IC片

信息 / 信息
台灣說法　資訊

科盲 / 科盲
解 釋 ☞ 對科技常識毫無概念的人。

科壇 / 科坛　　　　　台灣說法 科技界

兼容 / 兼容　　　　　台灣說法 相容

常量 / 常量　　　　　台灣說法 常數

接口 / 接口　　　　　台灣說法 介面

軟件 / 软件　　　　　台灣說法 軟體

硅谷 / 硅谷　　　　　台灣說法 矽谷

散件 / 散件　　　　　台灣說法 零件

硬件 / 硬件　　　　　台灣說法 硬體

程序 / 程序　　　　　台灣說法 程式

照排 / 照排

解釋 ☞ 照相排版。

製冷 / 制冷

解釋 ☞ 以人工方式來降溫。

編址 / 编址

台灣說法 定址

解釋 ☞ 決定資料儲存的位址。

激光 / 激光

台灣說法 雷射

聲碟 / 声碟

台灣說法 CD

元器件 / 元器件

台灣說法 元件、零組件

解釋 ☞ 組成設備的零件。

反應堆 / 反应堆

台灣說法 核子反應爐

太陽灶 / 太阳灶

台灣說法 太陽爐

解釋 ☞ 一種利用凹凸透鏡聚集太陽光來獲得高溫的裝置。

宇宙服 / 宇宙服

台灣說法 太空衣

宇宙站 / 宇宙站

台灣說法 太空站

解釋 ☞ 又稱為「航天站」，是在外太空所設置的工作站。

宇航員 / 宇航员 　　台灣說法 太空人

冷信息 / 冷信息

解釋 ► 無法引起興趣的資訊。

批文件 / 批文件 　　台灣說法 批次檔

解釋 ► 集合多項指令，並能整批執行的檔案。

乳濁液 / 乳浊液 　　台灣說法 懸浮液

長二捆 / 长二捆

解釋 ► 指「常征二號捆綁式火箭」。

核試驗 / 核试验 　　台灣說法 核子試爆

核電站 / 核电站 　　台灣說法 核能電廠

高保真 / 高保真 　　台灣說法 高傳眞

雞同鴨講

內地女：公司現在有「高保真」，一切就搞定了。
台灣男：他是誰啊？以前怎麼沒聽妳提過。

台灣男納悶指數：★★★★

高技術 / 高技术

台灣說法 高科技

高精尖 / 高精尖

解釋 ➥ 高級、精密、尖端。

軟件包 / 软件包

台灣說法 套裝軟體

軟技術 / 软技术

解釋 ➥ 有關科技的開發、管理、服務等方面的技術。

軟科學 / 软科学

解釋 ➥ 以研究為核心的新興科學。

透平機 / 透平机

台灣說法 渦輪機

解釋 ➥ 利用高壓衝擊渦輪葉片所產生旋轉動力的機器。

掘土機 / 掘土机

台灣說法 怪手

登月艙 / 登月舱

台灣說法 登月小艇

硬科學 / 硬科学

台灣說法 自然科學

超聲波 / 超声波

台灣說法 超音波

傳感器 / 传感器　　　台灣說法 感知器

解釋 ➡ 能源轉換的一種配備。

數據庫 / 数据库　　　台灣說法 資料庫

潛科學 / 潜科学

解釋 ➡ 學術界尚未公認的一種研究科學。

熱信息 / 热信息

解釋 ➡ 令人感興趣的資訊。

操作碼 / 操作码　　　台灣說法 運算碼

解釋 ➡ 機器操作指令的動作指示。

聲碟機 / 声碟机　　　台灣說法 雷射唱機

顯科學 / 显科学

解釋 ➡ 目前最熱門的科學。

一次能源 / 一次能源

解釋 ➡ 未經轉換並以現在的形式存在於自然界中的能源，如：太陽能、天然氣等。

人工智能 / 人工智能　　　台灣說法 人工智慧

解釋 ➡ 利用電子機件來操作類似人腦的工作。

三C革命 / 三C革命

解釋 ➡ 指Computer（計算機）、Control（控制）、Communication（通信）三種革命。

職場必勝篇

三I革命 / 三I革命
解釋 ► 資訊革命所帶來的機器智能化、產業縮合化、社會資訊化。

交叉科學 / 交叉科学
台灣說法 科技整合

光導纖維 / 光导纤维
台灣說法 光纖
解釋 ► 能快速傳輸光訊號的纖維。

宇宙飛船 / 宇宙飞船
台灣說法 太空船

宇宙通信 / 宇宙通信
解釋 ► 利用人造衛星或太空船為通信中繼站的太空通信。

低級語言 / 低级语言
台灣說法 低階語言
解釋 ► 一種接近機器語言的程式設計語言。

技術轉讓 / 技术转让
台灣說法 技術轉移
解釋 ► 將科技研究成果轉移給他人。

知識密集 / 知识密集
台灣說法 技術密集
解釋 ► 集合多方面的技術知識。

知識產品 / 知识产品
解釋 ► 利用科學技術與知識所開發出的產品。

空間技術 / 空间技术
台灣說法 太空科技

信息含量 / 信息含量

解釋 ☛ 資訊含量的多寡。

星火計劃 / 星火计划

解釋 ☛ 以促進地方經濟繁榮為目的的科技發展計畫。

航天技術 / 航天技术

台灣說法　太空技術

航天飛機 / 航天飞机

台灣說法　太空梭

高新技術 / 高新技术

台灣說法　尖端科技

常規能源 / 常规能源

解釋 ☛ 指石油、水力等傳統能源。

情報技術 / 情报技术

解釋 ☛ 開發軟硬體的技術。

情報科學 / 情报科学

解釋 ☛ 與資料的處理、傳輸、應用等相關的一門科學。

第二資源 / 第二资源

解釋 ☛ 科技資源。

第三資源 / 第三资源

63

解釋 ☛ 資訊資源。

智能終端 / 智能终端　　台灣說法 智慧型終端機

解 釋 ➤ 能獨立處理特定工作的電腦終端機。

無用信息 / 无用信息　　台灣說法 雜訊

解 釋 ➤ 會干擾或無使用價值的訊號。

無損檢測 / 无损检测　　台灣說法 非破壞性檢驗

解 釋 ➤ 不損害受檢物的檢測。

集成電路 / 集成电路　　台灣說法 積體電路

解 釋 ➤ 在矽晶片上放置相關元件而形成的完整電路。

電子移民 / 电子移民

解 釋 ➤ 透過網際網路為國外的客戶服務，並賺取當地的薪資。

遙感技術 / 遥感技术　　台灣說法 遙測技術

解 釋 ➤ 利用光學儀器來遙控探測遠距離物件的一種技術。

激光唱機 / 激光唱机　　台灣說法 雷射唱機

激光視盤 / 激光视盘　　台灣說法 光碟機

激光照排 / 激光照排　　台灣說法 電腦排版

雞同鴨講

內地女：我同學現在從事「電子移民」方面的工作。
台灣男：真方便，那在電腦輸入資料就可以辦了吧！
內地女懶得解釋指數：★★★

邊緣科學 / 边缘科学　　**台灣說法** 科技整合

靈巧終端 / 灵巧终端　　**台灣說法** 智慧型終端機

科技工業園 / 科技工业园 **台灣說法** 科學園區

智能計算機 / 智能计算机

解釋 ☞ 具有人腦推理、判斷等功能的計算機。

跨學科研究 / 跨学科研究 **台灣說法** 科技整合

靜電印刷術 / 静电印刷术 **台灣說法** 電子印刷術

雙畫面電視 / 双画面电视 **台灣說法** 子母畫面電視機

信息高速公路 / 信息高速公路 **台灣說法** 資訊高速公路

解釋 ☞ 能快速傳輸資訊的通信線路。

條行碼讀出器 / 条行码读出器 **台灣說法** 條碼閱讀機

大規模集成電路 / 大规模集成电路 **台灣說法** 大型積體電路

股票類用語

A股 / A股

解釋 ➡ 「特種股票」的一種,專供內地投資人買賣的股票。

B股 / B股

解釋 ➡ 「特種股票」的一種,專供境外投資人用外幣買賣的股票。

H股 / H股

解釋 ➡ 在香港上市的內地股票。

吊空 / 吊空

台灣說法 暴漲

托盤 / 托盘

台灣說法 撐盤量

解釋 ➡ 股價慘跌時支撐股市大局的交易量。

刮盤 / 刮盘

台灣說法 買盤

解釋 ➡ 股票買進時的量。

股民 / 股民

台灣說法 股票族、投資大眾

股盲 / 股盲

解釋 ➡ 對買賣股票毫無概念的人。

美子 / 美子

解釋 ➡ 美元的俗稱,在外匯黑市常用。

做底 / 做底　　　台灣說法 打底

解釋 ➨ 股價停留在谷底的這段期間。

割肉 / 割肉　　　台灣說法 認賠了結

解釋 ➨ 資金虧損或股價下跌時，不得不拋售現有的股票。

盤下 / 盘下　　　台灣說法 盤跌

解釋 ➨ 股價雖在盤整中卻有逐漸下降的趨勢。

盤上 / 盘上　　　台灣說法 盤尖

解釋 ➨ 股價雖在盤整中卻有逐漸上升的趨勢。

調位 / 调位　　　台灣說法 進場干預

解釋 ➨ 由相關部門來干涉股市交易的行情。

踏空 / 踏空

解釋 ➨ 猶豫不決的投資人錯失買進股票的好時機。

一線股 / 一线股　　　台灣說法 高價股

解釋 ➨ 股價居高不下，並為許多投資人看好的股票。

二線股 / 二线股

解釋 ➨ 股價處於中價位，並為許多投資人看好的股票。

雞同鴨講

內地女：這下股票虧大了，我乾脆「割肉」算了。
台灣男：親愛的千萬不行，我可不能沒有妳。
台灣男真情指數：★★★★★

打滑板 / 打滑板　　台灣說法　短線操作

解釋 ☞ 在股市中,以快進快出的手段來賺取差價的行徑。

長線客 / 长线客

解釋 ☞ 長期持股並利用股價的波動或股息來獲利的投資人。

首發式 / 首发式　　台灣說法　公開說明會

解釋 ☞ 第一次發行股票時所舉行的儀式。

零董事 / 零董事　　台灣說法　外部監察人

解釋 ☞ 未持公司股票卻擔任董事的人。

一級市場 / 一级市场

解釋 ☞ 發行新證券的市場。

二級市場 / 二级市场　　台灣說法　證券交易所

全線飄紅 / 全线飘红　　台灣說法　長紅

解釋 ☞ 所有的股票全都上漲。

特種股票 / 特种股票

解釋 ☞ 指A股、B股、H股等股票。

新華指數 / 新华指数

解釋 ☞ 指「新華股票價格綜合指數」。

雙向擴容 / 双向扩容　　台灣說法　價漲量增

解釋 ☞ 投資人的數量和股市的容量皆不斷擴張當中。

一級半市場 / 一级半市场 [台灣說法] 未上市買賣

解釋 ☞ 股票在新證券發行後，還沒在證券交易所上市前的場外黑市交易市場。

民族概念股 / 民族概念股

解釋 ☞ 在少數民族地區上市的股票。

定向募集股 / 定向募集股 [台灣說法] 存託憑證

解釋 ☞ 只有在特定區域內發行的股票。

莊家概念股 / 庄家概念股 [台灣說法] 投機股

解釋 ☞ 有賭博性質的股票。

虧損概念股 / 亏损概念股 [台灣說法] 業外虧損

解釋 ☞ 上市公司因經營不善而導致虧損的股票。

購併概念股 / 购并概念股

解釋 ☞ 被併購的上市公司的股票。

道・瓊斯指數 / 道・琼斯指数 [台灣說法] 道瓊指數

解釋 ☞ 由紐約華爾街的股市所公佈的股票指數。

商業經濟類

板 / 板

解 釋 ☞ 指1元人民幣。

棵 / 棵

解 釋 ☞ 指100元人民幣。

本 / 本

解 釋 ☞ 指1000元人民幣，又稱「吨」。

一張 / 一张

解 釋 ☞ 指10元人民幣，又稱「分」、「大白邊」、「根」。

人行 / 人行

解 釋 ☞ 指「中國人民銀行」。

工行 / 工行

解 釋 ☞ 指「中國工商銀行」。

亞行 / 亚行

解 釋 ☞ 指「亞洲開發銀行」。

農行 / 农行

解 釋 ☞ 指「中國農業銀行」。

二倒 / 二倒

解 釋 ☞ 先將重大工程包攬下來後，再轉發包給其他單位，並從中賺取高價差的人。

三企 / 三企

解釋 ☛ 指三資（外資、僑資、中外合資）企業。

三高 / 三高

解釋 ☛ 指公司所期望達到的高產量、高效益、高質量的目標。

三資 / 三资

解釋 ☛ 外資、僑資、中外合資的企業。

下海 / 下海

解釋 ☛ 非商業本行的人轉行經商。

下浮 / 下浮

解釋 ☛ 指薪資減少、物價下跌等。

上浮 / 上浮

解釋 ☛ 指薪資增加、物價上漲等。

上繳 / 上缴

解釋 ☛ 每年地方政府必須向國庫繳交的營業收入。

中資 / 中资

解釋 ☛ 內地在海外投資的資金。

內聯 / 内联

解釋 ☛ 單位內各部門間的技術合作。

內貿 / 内贸　　　　　　　台灣說法 內銷

職場必勝篇

集貿 / 集贸

解釋 ☛ 巨集許多小攤販來販賣商品的交易模式，如：夜市。

侃價 / 侃价　　　　　　台灣說法 殺價／討價還價

公倒 / 公倒

解釋 ☛ 公司本身從事投機買賣的行為。

批銷 / 批销　　　　　　台灣說法 批發

鮮銷 / 鲜销

解釋 ☛ 農產品不經加工、在腐壞之前銷售的情形。

甩賣 / 甩卖　　　　　　台灣說法 抛售

倒賣 / 倒卖

解釋 ☛ 低價買進、高價賣出。

搭賣 / 搭卖

解釋 ☛ 將滯銷物搭配暢銷品一起出售的方式，類似台灣流行一時的「紅綠標」。

成服 / 成服　　　　　　台灣說法 成衣

草業 / 草业

解釋 ☛ 以草地或牧草為基礎而發展出來的一種綜合性產業，如：種植業、養殖業等。

利稅 / 利税

台灣說法　營業稅

創稅 / 创税

解 釋 ☞ 增加營業稅額。

讓稅 / 让税

解 釋 ☞ 對經營不善或新成立的單位給予特別優惠，使其減少納稅以維持營運。

到位 / 到位

解 釋 ☞ 指資金已經撥到指定的項目，或已將物資送達指定的地方。

官工 / 官工

解 釋 ☞ 指國營工業或官僚作風十足的企業。

底分 / 底分

台灣說法　本錢、資金

返關 / 返关

解 釋 ☞ 重返「關貿總協定組織」，又稱「復關」。

長線 / 长线

解 釋 ☞ 供過於求的情形。

倒掛 / 倒挂

解 釋 ☞ 股價或商品價格已跌破成本。

倒票 / 倒票

解 釋 ☞ 高價出售票價以謀暴利，如：黃牛票。

職場必勝篇

倒買 / 倒买
解釋 ➡ 買進超量暢銷品造成市場供貨短缺，再高價售出以賺取暴利。

倒匯 / 倒汇
解釋 ➡ 非法外匯買賣的投機行為。

倒爺 / 倒爷
解釋 ➡ 從事「倒賣」、「倒買」的投機份子。

息爺 / 息爷
解釋 ➡ 將大筆金錢存入銀行以賺取利息的人。

套匯 / 套汇
解釋 ➡ 以非法途徑賺取外匯。

套購 / 套购
解釋 ➡ 以非法途徑大量購得市場短缺的商品。

逃套 / 逃套
解釋 ➡ 以非法手段瞞天過海、逃避監督，以便賺取外匯。

商流 / 商流
解釋 ➡ 商品流通。

單產 / 单产
解釋 ➡ 土地單位面積上的生產量。

黃道 / 黃道
解釋 ➡ 做生意的發展途徑，又稱「黃路」。

債頭 / 债头

台灣
說法　債券

匯制 / 汇制

解 釋 ► 指「外匯管理制度」。

暗補 / 暗补

解 釋 ► 某類生活必需品的進價與售價的差額須由政府吸收。

電幣 / 电币

解 釋 ► 使用於投幣式電表的一種代幣。

廠街 / 厂街

解 釋 ► 聚集性質相近的門市或工廠的街道。

盤子 / 盘子

解 釋 ► 經過層層討論、評估、決策後，研發出能兼顧各方面平衡的財政計
畫。

牡丹卡 / 牡丹卡

解 釋 ► 中國銀行1989年全國發行的「牡丹信用卡」。

長城卡 / 长城卡

解 釋 ► 中國銀行1986年全國發行的「長城信用卡」。

廣交會 / 广交会

解 釋 ► 從1957年起在廣州所舉行的「中國出口商品交易會」。

昆交會 / 昆交会

解 釋 ► 自1996年開始在昆明所舉辦的貿易展銷會。

職場必勝篇

哈交會 / 哈交会

解 釋 ☞ 東歐國家和俄國定期在哈爾濱舉辦的貿易展銷會。

大包幹 / 大包干

解 釋 ☞ 農戶只要繳交定額稅款，其餘所得皆為個人所擁有。

大特區 / 大特区

解 釋 ☞ 指農工商協調發展的綜合性經濟特區，這是當初海南省建省時期望達到的經濟指標。

大路貨 / 大路货

解 釋 ☞ 品質普通但銷路卻很廣的商品。

全天貨 / 全天货

解 釋 ☞ 任何時間種類都很齊全的貨品。

內向型 / 内向型

解 釋 ☞ 以國內銷售市場為重點的商品經濟類型。

內轉外 / 内转外

解 釋 ☞ 國內銷售轉為對外出口的技術或商品。

內部價 / 内部价

解 釋 ☞ 公司內部所訂的低於市價的價格。

底板價 / 底板价

台灣說法 底價、基價

代金券 / 代金券

解 釋 ☞ 取代現金交易的一種票券。

僑匯券 / 侨汇券

解釋 ☛ 指「僑匯物資供應證」。

外向型 / 外向型

解釋 ☛ 以國外銷售市場為重點的商品經濟類型。

外匯券 / 外汇券

解釋 ☛ 中國銀行自1980年起所發行的「人民幣外匯兌換券」。

外轉內 / 外转内

解釋 ☛ 外銷轉內銷。

克先生 / 克先生

解釋 ☛ 指商品（Commodity）。

產品稅 / 产品税

台灣說法 貨物稅

個調稅 / 个调税

解釋 ☛ 指「個人收入調節稅」。

資源稅 / 资源税

解釋 ☛ 對從事天然氣、石油等特定資源開發的單位所徵收的稅。

雞同鴨講

內地女：這個「克先生」做的實在太失敗了　。
台灣男對銷售員：小姐！你們「克先生」也太過分了，
　　　　　　　　能不能請他出來一下。

銷售員&內地女一頭霧水指數：★★★★★

人情稅 / 人情稅

解 釋 ➡ 礙於私人交情,少收應課稅款的單位或甚至不收的狀況。

定點廠 / 定点厂

解 釋 ➡ 上級指定專門生產某產品的工廠。

保稅區 / 保税区

解 釋 ➡ 劃定一塊範圍作為加工出口區或倉儲區等,以吸引國內外投資者。

倒進口 / 倒进口

解 釋 ➡ 將國產品出口到國外,又以舶來品的名義進口國內銷售。

倒翻番 / 倒翻番

解 釋 ➡ 減少至原來的一半。

草字頭 / 草字头

解 釋 ➡ 年收入在人民幣一萬元以上的個體戶。

剪刀差 / 剪刀差

解 釋 ➡ 工業產品的價格高於農產品,而且差距逐漸擴大,若以統計圖來表示,正好形成剪刀張開的形狀。

軟貸款 / 软贷款

解 釋 ➡ 利率低的貸款。

雞同鴨講

內地女:東西這麼多,我們還是叫「集裝箱」來搬運好了。

台灣男:妳只會叫,還不趕快把這些打包起來。

台灣男瞎忙指數:★★★★

78

集裝箱 / 集裝箱　　　台灣說法 貨櫃

匯販子 / 汇贩子

解 釋 ➤ 指黑市買賣外匯的投機份子。

億元縣 / 亿元县

解 釋 ➤ 全年營收超過一億人民幣的縣市。

賣大戶 / 卖大户

解 釋 ➤ 零售店將暢銷商品大量賣給個人或團體單位,又稱「賣大號」。

雙高田 / 双高田

解 釋 ➤ 能提高產量又可增加收入的農田。

七五計劃 / 七五计划

解 釋 ➤ 1986–1990年「國民經濟發展」第七個五年計劃。

八五計劃 / 八五计划

解 釋 ➤ 1991–1995年「國民經濟發展」第八個五年計劃。

九五計劃 / 九五计划

解 釋 ➤ 1996–2000年「國民經濟發展」第九個五年計劃。

二道販子 / 二道贩子

解 釋 ➤ 非法轉賣以牟取暴利的國營商店商人。

三來一補 / 三来一补

解 釋 ➤ 三來指來料加工、來樣加工、來件配裝,一補指補償貿易,這是展開
對外貿易的四種形式。

職場必勝篇

內聯外引 / 内联外引

解 釋 ☞ 在國內進行各種形式的經濟聯合，並從外地延攬人才，引進高技術設備及資金。

集市貿易 / 集市贸易　　　[台灣說法] 自由市場

有形貿易 / 有形贸易

解 釋 ☞ 有形商品的出口與進口。

補償貿易 / 补偿贸易

解 釋 ☞ 以現匯、加工費等方式來補足商品貿易的差額，又稱「對銷貿易交易」。

以產頂進 / 以产顶进

解 釋 ☞ 以國產品取代進口品。

統購包銷 / 统购包销

解 釋 ☞ 國營企業收購民營工廠所生產的民生物資，並統一銷售。

四馬分肥 / 四马分肥

解 釋 ☞ 指早期的私營機構將盈餘分成四份的一種分配方式。

外引內聯 / 外引内联

解 釋 ☞ 從外引進技術設備等資源，並與國內進行合作。

市場調節 / 市场调节

解 釋 ☞ 依市場需求來調整產品的供需。

灰色市場 / 灰色市场

解 釋 ☞ 以非法管道來進行交易的市場。

自發市場 / 自发市场

解 釋 ➡ 自然成形的貿易市場。

手語市場 / 手语市场

解 釋 ➡ 指外國人或多種族間因語言隔閡，須藉手語進行交易的貿易市場。

馬路市場 / 马路市场　　　台灣說法 路邊攤

銀色市場 / 银色市场

解 釋 ➡ 老人家的消費市場。

信息市場 / 信息市场

解 釋 ➡ 以科技商品進行交易的市場。

信息產業 / 信息产业

解 釋 ➡ 以科技資訊為主要活動的行業。

垃圾產業 / 垃圾产业

解 釋 ➡ 廢棄物資源回收所延展出來的產業。

朝陽產業 / 朝阳产业

解 釋 ➡ 前途似錦的產業。

系列企業 / 系列企业　　　台灣說法 關係企業

官辦企業 / 官办企业　　　台灣說法 國營企業

解 釋 ➡ 經濟效益高且具競爭力的商品。

81

職場必勝篇

拳頭企業 / 拳头企业

解 釋 ☛ 具有高度競爭力的企業。

拳頭產品 / 拳头产品

解 釋 ☛ 經濟效益高且具競爭力的商品。

包袱企業 / 包袱企业

解 釋 ☛ 指無法停產卻不斷虧損的國營企業。

境外企業 / 境外企业

解 釋 ☛ 指收購或兼併海外企業，或是在海外創辦的企業。

創匯工業 / 创汇工业

解 釋 ☛ 商品可以外銷並賺取外匯的工業。

彩色農業 / 彩色农业

解 釋 ☛ 指農產品種類豐富的生產事業。

兩頭在外 / 两头在外

解 釋 ☛ 產品的原料來源和銷售地區都在內地以外。

兩權分離 / 两权分离

解 釋 ☛ 指經營權與所有權分開。

南南合作 / 南南合作

解 釋 ☛ 開發中國家彼此之間的經濟合作。

消費早熟 / 消费早熟

82

解 釋 ☛ 指消費方式變得太快，已超過該地應有生產水準的一種現象。

深圳速度 / 深圳速度

解 釋 ☞ 1986年深圳所創造出高品質的經濟發展速度,故稱之。

欺行霸市 / 欺行霸市

解 釋 ☞ 虛報行情、欺瞞同行,以獨霸市場的非法行徑。

賀卡儲蓄 / 贺卡储蓄

解 釋 ☞ 又稱「禮儀儲蓄」,是一種憑他人贈送的賀卡去領取存款或利息的儲蓄方式。

超前消費 / 超前消费

解 釋 ☞ 超越目前生活水平的高消費現象。

超前產品 / 超前产品

解 釋 ☞ 推出時反應不佳,一段時間後才開始熱賣的商品。

微觀搞活 / 微观搞活

解 釋 ☞ 讓企業有更大的自主權和創意,以增強其競爭力。

搭氣出售 / 搭气出售

解 釋 ☞ 指百貨公司或商店的銷售員態度欠佳的情形。

經濟走廊 / 经济走廊

解 釋 ☞ 在長江流域中,從重慶一路到上海所連接的城市,依其不同工業類別所形成的地帶,如從上海到安慶等地所形成的石油化學工業走廊等。

庭院經濟 / 庭院经济

解 釋 ☞ 以庭院為基礎而發展出來的一種經濟形態,如:家庭手工業、養殖業等。

窗口經濟 / 窗口经济

解 釋 ☞ 即「特區經濟」,其目的是要成為世界市場的窗口,故稱之。

83

廠店掛鉤 / 厂店挂钩

解釋 ▶ 工廠與商家之間所建立的產銷模式。

藍色牧場 / 蓝色牧场

解釋 ▶ 從事養殖海洋生物的海域,又稱「海洋牧場」。

鞭打慢牛 / 鞭打慢牛

解釋 ▶ 懲罰落後的地區或個人,使其盡速改變不好的印象。

體外循環 / 体外循环

解釋 ▶ 資金自由在市場上流通的情形。

指令性計劃 / 指令性计划

解釋 ▶ 由政府所擬定的經濟計畫,其具有強大的行政約束力。

上繳利潤制 / 上缴利润制

解釋 ▶ 國營企業繳交盈餘給國庫的一種財政制度。

工資區類別 / 工资区类别

解釋 ▶ 國定的薪資級別。

無店舖銷售 / 无店舖销售

解釋 ▶ 如直銷、郵購等不經商店來販賣的一種銷售方式。

出口轉內銷 / 出口转内销

解釋 ▶ 出口產品轉為在國內銷售。

交鑰匙工程 / 交钥匙工程

解釋 ▶ 從頭到尾,包辦設計、安裝、測試等全套完整服務的工程,業者只要拿到鑰匙就可以啓用了。

多國家公司 / 多国家公司 台灣說法 跨國公司、跨國企業

經濟責任制 / 经济责任制

解釋 ☞ 國家、企業、個人三者之間必須承擔一定義務與責任的一種經濟制度。

經濟開放區 / 经济开放区

解釋 ☞ 實行「窗口經濟」的地區。

微觀經濟效益 / 微观经济效益

解釋 ☞ 從某類商品或企業來看它的經濟效益。

筆記欄

觀光旅遊篇

觀光旅遊篇

大巴 / 大巴

解 釋 ☛ 大型巴士。

中轉 / 中转

解 釋 ☛ 轉搭其他交通工具或中途換車。

公交 / 公交

台灣說法 大眾運輸工具

解 釋 ☛ 指「公共交通」，包括公車、火車等公用的交通工具。

分餐 / 分餐

解 釋 ☛ 直接將菜分配為每人一份的用餐方式。

打的 / 打的

台灣說法 搭計程車

解 釋 ☛ 「的」是計程車的簡稱。

把口 / 把口

台灣說法 巷子口

解 釋 ☛ 又稱「胡同口」。

汽配 / 汽配

解 釋 ☛ 汽車配件。

車照 / 车照

台灣說法 駕駛執照

板爺 / 板爷

解 釋 ☛ 三輪貨車伕。

空乘 / 空乘　　　　　　　　台灣說法　空服員

解 釋 ☞ 又稱「飛機乘務員」。

空哥 / 空哥　　　　　　　　台灣說法　空中少爺

空嫂 / 空嫂

解 釋 ☞ 指年長的空姐。

長汽 / 长汽

解 釋 ☞ 開長途的汽車。

長話 / 长话　　　　　　　　台灣說法　長途電話

青旅 / 青旅

解 釋 ☞ 「中國青年旅行社」的簡稱。

春運 / 春运

解 釋 ☞ 春節期間的貨運與客運運輸。

航班 / 航班　　　　　　　　台灣說法　班機

假牌 / 假牌　　　　　　　　台灣說法　仿冒品

國旅 / 国旅

解 釋 ☞ 「中國旅行社」的簡稱。又稱為「中旅社」。

89

觀光旅遊篇

國菜 / 国菜

解釋 ☛ 最能代表國家的菜餚，如：印度的咖哩。

專列 / 专列

台灣說法 加班車

軟臥 / 软卧

解釋 ☛ 火車車廂中較舒適的臥舖。

軟席 / 软席

解釋 ☛ 火車上等級較高的座位或臥舖。

軟座 / 软座

解釋 ☛ 火車車廂中較舒適的座位。

景霸 / 景霸

解釋 ☛ 在風景區圍繩佔地為己有，並向要進去拍照的遊客收取使用費。

殘的 / 残的

解釋 ☛ 指殘障人士靠開三輪車乘載旅客來謀生，這在某些城市市區是被允許的。

港客 / 港客

解釋 ☛ 由香港到中國大陸的返鄉人或觀光客。

硬臥 / 硬卧

解釋 ☛ 火車車廂中較普通的臥舖。

硬席 / 硬席

解釋 ☛ 火車上等級較低的座位或臥舖。

硬座 / 硬座

解 釋 ☞ 火車車廂中較普通的座位。

黑車 / 黑车

解 釋 ☞ 沒有牌照的交通工具，如：汽車、人力三輪車等。

試口 / 试口

台灣說法 試吃

話亭 / 话亭

台灣說法 電話亭

路條 / 路条

台灣說法 通行證

滾梯 / 滚梯

台灣說法 電扶梯

輕騎 / 轻骑

台灣說法 輕型機車

摩的 / 摩的

台灣說法 載客的摩托車

輪帶 / 轮带

台灣說法 輪胎

幫別 / 帮别

解 釋 ☞ 意指各地方不同特色的菜餚。

91

觀光旅遊篇

轎的 / 轿的

解釋 ☛ 轎車型計程車。

麵的 / 面的

解釋 ☛ 平價出租車，體積比麵包車小。

攤檔 / 摊档

台灣說法 攤位

攤點 / 摊点

解釋 ☛ 設置攤子的地點。

OK街 / OK街

解釋 ☛ 指許多外國觀光客常光顧的商店街，因為「阿度仔」常用「OK」表示成交，故稱之。

ZX車 / ZX车

解釋 ☛ 專線公共汽車。

大公共 / 大公共

解釋 ☛ 雙層車廂的大型公共汽車。

大交通 / 大交通

解釋 ☛ 全線開放的綜合運輸系統。

大旅遊 / 大旅游

解釋 ☛ 將旅遊業當成一個完整規劃的事業來經營。

大排檔 / 大排档

解釋 ☛ 指規模大且價格便宜的店或攤子。

大陸橋 / 大陆桥

解釋 ☞ 連接陸地和海洋的運輸通道。

公交站 / 公交站　　　　台灣說法　公車站

出租車 / 出租车　　　　台灣說法　計程車

打價兒 / 打价儿　　　　台灣說法　討價還價

母嬰車 / 母婴车

解釋 ☞ 交通尖峰時段專為攜兒的婦女和小學生所開的公共汽車。

立交橋 / 立交桥　　　　台灣說法　交流道

交通島 / 交通岛　　　　台灣說法　安全島

解釋 ☞ 警察在兩條馬路交會處指揮交通時，所站的圓形小平台。

份兒飯 / 份儿饭　　　　台灣說法　套餐

列車員 / 列车员　　　　台灣說法　車掌

吃床腿 / 吃床腿

解釋 ☞ 又稱「吃床鋪」。指旅遊業者為了招攬客人，將餐費併入住宿費，以
方便客戶報銷的方式。

93

兩條龍 / 両条龙

解 釋 ☞ 「貨運一條龍」和「客運一條龍」的合稱。前者指貨物產、供、運、銷一脈相連的運輸帶；後者指一票玩到底的運輸線。

招手停 / 招手停

解 釋 ☞ 招手就停的中型公共汽車，內地各大城市大都有這種優惠。

昆蟲菜 / 昆虫菜

解 釋 ☞ 以昆蟲為食材所烹調出的菜餚，如：螞蟻、蚱蜢等。

旅遊局 / 旅游局　　　　台灣說法 觀光局

旅遊車 / 旅游车　　　　台灣說法 遊覽車

馬吉普 / 马吉普

解 釋 ☞ 用馬來拉的載重車，比以前的馬車速度更快。

商標菜 / 商标菜　　　　台灣說法 招牌菜

解 釋 ☞ 餐廳中最具代表性的菜餚。

混血車 / 混血车　　　　台灣說法 拼裝車

—— 雞同鴨講 ——

台灣男：「混血車」在台灣稱為「拼裝車」。
內地女：那「混血兒」豈不又叫「拼裝人」？
台灣男無話可說指數：★★★

94

登機牌 / 登机牌

解釋 ☞ 在機場所領取的允許搭機憑證。

過街橋 / 过街桥　　　　　台灣說法 天橋

衛生間 / 卫生间　　　　　台灣說法 廁所、浴室

衛生筷 / 卫生筷　　　　　台灣說法 免洗筷

麵包車 / 面包车

解釋 ☞ 外型酷似長方形的麵包的中型客車，體積約比台灣的九人座客車大一點。

八大名酒 / 八大名酒

解釋 ☞ 指茅台酒、汾酒、五糧液、古井貢酒、洋河大麴、董酒、老窯特麴、劍南春等中國八種最有名的酒。

八大菜系 / 八大菜系

解釋 ☞ 指山東、四川、江蘇、廣東、福建、浙江、湖南、安徽等中國八個著名的菜系。

公款旅遊 / 公款旅游　　　　台灣說法 公費旅遊

文化旅遊 / 文化旅游

解釋 ☞ 以文化巡禮為主的旅遊方式。

北京時間 / 北京时间　　　　台灣說法 中原標準時間

民俗旅遊 / 民俗旅游

解釋 ☛ 以考察民俗文化、風土民情為主的旅遊方式。

仿古旅遊 / 仿古旅游

解釋 ☛ 一種以穿上古裝、模仿古人言行舉止的導遊為服務的旅遊方式。

尾氣測量 / 尾气测量　　　台灣說法 排氣測量

招手飯店 / 招手饭店

解釋 ☛ 開設在交通要道旁，提供旅客餐宿的飯店，因競爭激烈，故多在門口招攬客人。

空中客車 / 空中客车　　　台灣說法 空中巴士

解釋 ☛ 容積大，噪音小，適合於中短距離所使用的大型噴射運輸機。由英、法、西德共同製造的A300B即是。

亭式車站 / 亭式车站　　　台灣說法 候車亭

建築旅遊 / 建筑旅游

解釋 ☛ 以觀賞各地建築物為主的旅遊方式。

風味小吃 / 风味小吃

解釋 ☛ 具有特色的地方小吃。

旅遊農業 / 旅游农业　　　台灣說法 觀光農業

涉外飯店 / 涉外饭店　　　台灣說法 觀光飯店

會議旅遊 / 会议旅游

解 釋 ☞ 一種到某地開會，並順便觀光的旅遊方式。

科普一條街 / 科普一条街

解 釋 ☞ 銷售科技產品的商店街。

風景微縮區 / 风景微缩区 〔台灣說法〕 小人國

解 釋 ☞ 又稱「微景園」。

電子一條街 / 电子一条街

解 釋 ☞ 聚集許多電子產品商店的街道。

衛生一條街 / 卫生一条街

解 釋 ☞ 指該城市中最乾淨整潔的街道。

半包價式旅遊 / 半包价式旅游 〔台灣說法〕 半自助式旅遊

筆記欄

休閒娛樂篇

休閒娛樂篇

小帳 / 小帐
台灣說法　小費

扎啤 / 扎啤
台灣說法　生啤酒

解釋 ☞ 用寬口瓶盛裝的啤酒。

伴宴 / 伴宴

解釋 ☞ 以歌舞演出，來為宴會助興。

沖擴 / 冲扩

解釋 ☞ 沖洗、放大相片的底片。

夜餐 / 夜餐
台灣說法　宵夜

音帶 / 音带
台灣說法　錄音帶

笑星 / 笑星
台灣說法　諧星

高菸 / 高烟

解釋 ☞ 價高質優的上等菸。

乾白 / 干白
台灣說法　無糖白葡萄酒

解釋 ☞ 不含糖份的白葡萄酒，「乾」是由英文 "dry"（不含糖）翻譯而來。

彩卷 / 彩卷　　　　　　台灣說法 彩色底片

彩擴 / 彩扩

解釋 ☞ 將彩色照片放大沖洗。

速滑 / 速滑　　　　　　台灣說法 快速溜冰

搓麻 / 搓麻　　　　　　台灣說法 打麻將

嫩膚 / 嫩肤　　　　　　台灣說法 護膚

樣片 / 样片　　　　　　台灣說法 試映片、試片

解釋 ☞ 影片正式上映前，針對內部播放以徵求建議的片子。

熱點 / 热点　　　　　　台灣說法 熱門景點

解釋 ☞ 熱門話題或人們最有興趣去的地點。

膠卷 / 胶卷　　　　　　台灣說法 底片

髮屋 / 发屋　　　　　　台灣說法 髮廊、理髮店

錄灌 / 录灌　　　　　　台灣說法 灌唱片

解釋 ☞ 錄音灌製唱片或錄音帶。

101

休閒娛樂篇

醜星 / 丑星

解 釋 ☞ 演技好但外型不佳的演員。

擴印 / 扩印

解 釋 ☞ 將照片放大沖洗。

爆棚 / 爆棚　　　　　　　台灣說法　全場爆滿

解 釋 ☞ 指演唱會等大型活動的參與人數眾多，已超過場地能容納的數量。

魔方 / 魔方　　　　　　　台灣說法　魔術方塊

一條街 / 一条街

解 釋 ☞ 同類商品聚集的街道，如：美食街、家具街。

二名牌 / 二名牌

解 釋 ☞ 次於名牌的品牌，又稱「二流名牌」。

上座率 / 上座率　　　　　台灣說法　票房紀錄

手掌機 / 手掌机　　　　　台灣說法　掌上型電子遊樂器

水滑梯 / 水滑梯　　　　　台灣說法　滑水道

主人公 / 主人公　　　　　台灣說法　主角

四喇叭 / 四喇叭　　　　　 台灣說法 四聲道音響

旱冰場 / 旱冰场　　　　　 台灣說法 溜冰場

旱冰鞋 / 旱冰鞋　　　　　 台灣說法 溜冰鞋

步行街 / 步行街　　　　　 台灣說法 行人徒步區

夜電影 / 夜电影　　　　　 台灣說法 午夜場、子夜場

解 釋 ☞ 又稱「通宵電影」。

花帶子 / 花带子　　　　　 台灣說法 A片

解 釋 ☞ 色情錄影帶，又稱「黃帶」。

青年宮 / 青年宫　　　　　 台灣說法 青年活動中心

解 釋 ☞ 提供青少年參與文教活動、育樂活動的休閒場所。

迪斯科 / 迪斯科　　　　　 台灣說法 迪斯可、Disco

原音帶 / 原音带　　　　　 台灣說法 原版錄音帶

破碼器 / 破码器　　　　　 台灣說法 解碼器

解 釋 ☞ 用來消除發訊者所設定的雜訊，使收視狀態恢復的電子裝置。

休閒娛樂篇

健美褲 / 健美裤 　　　台灣說法　韻律褲

彩電牆 / 彩电墙 　　　台灣說法　電視牆

喇叭筒 / 喇叭筒 　　　台灣說法　擴音器、麥克風

單本劇 / 单本剧 　　　台灣說法　單元劇

復映片 / 复映片 　　　台灣說法　二輪片

解釋 ☞ 已經公開放映過一段時間後，又再次放映的舊影片。

蛤蟆鏡 / 蛤蟆镜

解釋 ☞ 鏡片很大，看起像青蛙眼睛的太陽眼鏡。

傻瓜機 / 傻瓜机 　　　台灣說法　傻瓜相機

蝙蝠衫 / 蝙蝠衫 　　　台灣說法　蝴蝶裝

解釋 ☞ 一種腋下部位特別寬鬆、袖子連身的服裝。

攝像機 / 摄像机 　　　台灣說法　攝影機

引廠進店 / 引厂进店 　　　台灣說法　專櫃

文娛活動 / 文娱活动 　　_{台灣說法} 康樂活動

解釋 ➥ 學校、公司團體於休閒時間所舉辦的活動。

可視歌曲 / 可视歌曲 　　_{台灣說法} MTV、音樂錄影帶

全景電影 / 全景电影 　　_{台灣說法} 360度電影

解釋 ➥ 又稱「環幕電影」、「球幕電影」。

軟件消費 / 软件消费

解釋 ➥ 文化方面的生活消費。

愛侶動物 / 爱侣动物 　　_{台灣說法} 寵物

解釋 ➥ 又稱「伴侶動物」、「安慰動物」。

業餘活動 / 业馀活动 　　_{台灣說法} 休閒活動

電子屏幕 / 电子屏幕 　　_{台灣說法} 電子看板

解釋 ➥ 以電腦控制，播放廣告、最新訊息的大螢幕。

電子錢包 / 电子钱包 　　_{台灣說法} 金融卡、信用卡

雞同鴨講

內地女：你家裡有養「愛侶動物」嗎？
台灣男：太變態了吧！動物就是動物，怎麼可能當成愛侶？

台灣男一頭霧水指數：★★★

休閒娛樂篇

廣告電影 / 广告电影　　台灣說法　廣告片

廣播體操 / 广播体操
解 釋 ☛ 隨著收音機播放的音樂做體操。

數字唱片 / 数字唱片　　台灣說法　雷射唱片、數位唱片
解 釋 ☛ 又稱「激光唱片」。

螢屏廣告 / 荧屏广告　　台灣說法　電視廣告

環幕電影 / 环幕电影　　台灣說法　360度電影
解 釋 ☛ 又稱「全景電影」、「球幕電影」。

小型單放機 / 小型单放机　台灣說法　隨身聽

半乾葡萄酒 / 半干葡萄酒　台灣說法　低糖葡萄酒
解 釋 ☛ 含糖量低的葡萄酒。「乾」是由英文 "dry"（不含糖）翻譯而來。

兒童文化宮 / 儿童文化宫　台灣說法　兒童育樂中心
解 釋 ☛ 提供兒童休閒及參與育樂活動的場所。

盒式錄音帶 / 盒式录音带　台灣說法　卡帶
解 釋 ☛ 簡稱「盒帶」。

電視系列片 / 电视系列片　台灣說法　電視影集

八卦閒聊篇

八卦閒聊篇

大款 / 大款
台灣說法 闊人

解 釋 ☞ 講究形式與排場的有錢人。

公菸 / 公烟

解 釋 ☞ 政府專賣的香菸。

公闊 / 公阔

解 釋 ☞ 花用公家的錢來裝闊。

外菸 / 外烟
台灣說法 洋菸

白菸 / 白烟
台灣說法 伸手牌香菸

解 釋 ☞ 向別人要來的免費香菸。

回潮 / 回潮
台灣說法 復古風

老公 / 老公

解 釋 ☞ 大陸人對公家單位的俗稱。

老摳 / 老抠
台灣說法 吝嗇鬼

冷背 / 冷背

108

解 釋 ☞ 過時且不暢銷的商品。

扯皮 / 扯皮

台灣說法 踢皮球

解釋 ☛ 互相推諉責任。

侃爺 / 侃爷

台灣說法 蓋仙

解釋 ☛ 又稱「砍爺」，指擅長打屁聊天的人，有諷刺的意味。

奔頭 / 奔头

解釋 ☛ 指經過一番努力，前途很有希望的意思。

朋客 / 朋客

台灣說法 龐克族

解釋 ☛ 指衣著、髮型標新立異，喜歡搖滾音樂且性格叛逆的年輕人。

法盲 / 法盲

解釋 ☛ 對法律常識極為陌生的人。

盲信 / 盲信

解釋 ☛ 因收信人的資料不完整，而無法投遞的信件。

花頭 / 花头

台灣說法 花招、噱頭

冒尖 / 冒尖

台灣說法 突出、頂尖

冒富 / 冒富

台灣說法 暴發戶

挑頭 / 挑头

台灣說法 起義者

解釋 ☛ 帶頭、發起某事件的人。

八卦閒聊篇

風派 / 风派
台灣說法 騎牆派

解釋 ☞ 伺機而動、想法善變的人。

浪頭 / 浪头
台灣說法 浪潮、潮流

解釋 ☞ 流行的趨勢。

偷生 / 偷生

解釋 ☞ 想辦法躲避計畫生育的檢查，暗地裡再多生孩子的狀況。

偏飯 / 偏饭
台灣說法 特別關照

唯書 / 唯书
台灣說法 死讀書

國菸 / 国烟

解釋 ☞ 國產香菸。

捧爺 / 捧爷
台灣說法 狗腿

解釋 ☞ 喜歡逢迎拍馬的人，有諷刺的意味。

眼格 / 眼格
台灣說法 眼界

解釋 ☞ 目力所及的界限。亦指所經歷事物的範圍。

雞同鴨講

內地女：這位是台灣來的新主管，他對我「偏飯」
得很呢。

台灣男：誰說的，除了飯以外，我也有請妳吃麵、
吃牛排吧？

台灣男十分無辜指數：★★★★

傍肩 / 傍肩 　　　　　台灣說法　情婦、二奶

解 釋 ▰ 指在台灣已有配偶的男人,到大陸另外交往的小老婆。

盲區 / 盲区 　　　　　台灣說法　盲點

款爺 / 款爷 　　　　　台灣說法　凱子

解 釋 ▰ 又稱「大款」,指擺闊的有錢人。

菸壇 / 烟坛 　　　　　台灣說法　吸菸族

黃榜 / 黄榜 　　　　　台灣說法　黑名單

解 釋 ▰ 列示犯錯者姓名的榜單。

搭橋 / 搭桥 　　　　　台灣說法　牽線

對開 / 对开 　　　　　台灣說法　單挑

解 釋 ▰ 獨自挑戰一件事或一個人。

摸門 / 摸门

解 釋 ▰ 找到解決問題的訣竅。

踩點 / 踩点 　　　　　台灣說法　探路

磨嘴 / 磨嘴 　　　　　台灣說法　遊說

解 釋 ▰ 又稱「磨嘴皮子」,指為達到某種目的而不停地用言語說服他人。

八卦閒聊篇

糖彈 / 糖弹

解 釋 ☞ 「糖衣砲彈」的簡稱，指表面看起來無害，實際上卻會腐蝕人心的事物，如：金錢、權力。

擦黑 / 擦黑

解 釋 ☞ 改正自身的缺失。

檔次 / 档次　　　　　　台灣說法 等級

解 釋 ☞ 階級、次第。

翻番 / 翻番

解 釋 ☞ 又稱「翻一番」，指數量或價值成長為原有的四倍。

一風吹 / 一风吹　　　　台灣說法 一筆勾消

一陣風 / 一阵风　　　　台灣說法 三分鐘熱度

二五眼 / 二五眼

解 釋 ☞ 指品質不佳的物品或能力不好的人。

二名菸 / 二名烟

解 釋 ☞ 比高級香菸差一等級的香菸。

二流子 / 二流子　　　　台灣說法 流氓

上眼藥 / 上眼药

解 釋 ☞ 伺機為他人安上罪名，使其受到責備。

大呼隆 / 大呼隆

解釋 ☞ 不講求實際且虛張聲勢的作風。

小字輩 / 小字輩
【台灣說法】 菜鳥

解釋 ☞ 語氣中帶有輕視的意味。指年紀較輕、資歷較淺的人。

小皇帝 / 小皇帝
【台灣說法】 獨生子、獨生女

不對號 / 不对号

解釋 ☞ 指對不上頭的兩種狀況。

牛鼻子 / 牛鼻子

解釋 ☞ 足以影響事情成敗的關鍵,或用來比喻人、事、物的要害。

出頭鳥 / 出头鸟

解釋 ☞ 在群眾當中擔任領導角色的人。

打橫炮 / 打横炮
【台灣說法】 攪局

解釋 ☞ 擾亂別人已安排好的事。

白眼病 / 白眼病
【台灣說法】 狗眼看人低

解釋 ☞ 看不起他人的心態。

白帽子 / 白帽子

解釋 ☞ 指專業素養不足,或是素質較差的人。

吃小灶 / 吃小灶
【台灣說法】 享特權

解釋 ☞ 在團體中享有特殊待遇。

113

八卦閒聊篇

吃不準 / 吃不准

解 釋 ➟ 沒把握、無法確定的意思。

吃名牌 / 吃名牌

台灣說法 名牌愛用者

解 釋 ➟ 喜歡名牌或非名牌不用的心態。

地方人 / 地方人

台灣說法 在地人

解 釋 ➟ 居住在當地的人。

好處費 / 好处费

解 釋 ➟ 不正當的牽線費,也就是給中間人的利益。

老三色 / 老三色

解 釋 ➟ 黑色、藍色、灰色等已過時的服裝顏色。

老大難 / 老大难

解 釋 ➟ 老問題、大問題、難問題的合稱,意指始終無法解決的問題。

吹喇叭 / 吹喇叭

解 釋 ➟ 吹噓捧場。

吸游菸 / 吸游烟

解 釋 ➟ 一邊走路、一邊抽煙。

抓空子 / 抓空子

台灣說法 抽空

沒下巴 / 没下巴

台灣說法 口無遮攔

侃大山 / 侃大山

台灣說法 閒聊

解釋 ➡ 又稱「砍大山」。

抹桌子 / 抹桌子

解釋 ➡ 有一筆勾銷、說話不算話的意味。

放白鴿 / 放白鸽

解釋 ➡ 可用來比喻「騙婚」，即新娘收了聘禮就落跑的情況。

放冷風 / 放冷风

解釋 ➡ 惡意批評或散布不實流言。

枕頭風 / 枕头风

解釋 ➡ 指在家庭生活中，妻子對丈夫思想、行為所產生的影響。

空對空 / 空对空

解釋 ➡ 「空」是指不切實際的話，比喻用不實際的話回應不實際的話。

紅眼病 / 红眼病

台灣說法 酸葡萄心理

解釋 ➡ 因極度嫉妒他人而引發出的負面情緒。

馬大哈 / 马大哈

解釋 ➡ 從「馬虎」、「大意」、「打哈哈」各取一字而成，指沒有責任感且粗心大意的人。

高潮日 / 高潮日

解釋 ➡ 指宣傳造勢活動或事件發展到最高潮的一天。

假大空 / 假大空

解釋 ➡ 取「假話」、「大話」、「空話」的首字而成，即虛浮不實的話。

八卦閒聊篇

逗悶子 / 逗闷子

台灣說法 開玩笑

連鍋端 / 连锅端

解釋 ☞ 又稱「一鍋端」，即全部移除或拿走的意思。

揭蓋子 / 揭盖子

解釋 ☞ 揭發真相。

開小灶 / 开小灶

解釋 ☞ 在團體伙食中，私下安排較佳的菜餚，即享有特殊待遇的意思。

開門紅 / 开门红

台灣說法 好彩頭

傻冒兒 / 傻冒儿

台灣說法 傻子、傻瓜

解釋 ☞ 又稱「傻帽兒」。

過電影 / 过电影

解釋 ☞ 反省檢視自己發生過的事。

撂挑子 / 撂挑子

台灣說法 撒手不管

潑髒水 / 泼脏水

解釋 ☞ 故意用謠言中傷他人。

踩腳根 / 踩脚根

解釋 ☞ 用合情理的方式攻擊他人，讓人無從辯解或反擊。

翻兩番 / 翻两番

解 釋 ➡ 指數量或價值成長為原有的四倍。

鐵哥們 / 铁哥们　　　　台灣說法 哥兒們

髒亂差 / 脏乱差

解 釋 ➡ 取「環境髒」、「秩序亂」、「服務品質差」的末字而成。

觀潮派 / 观潮派

解 釋 ➡ 在社會發展演進的過程中,僅在一旁觀察卻不表明態度的人。

一步到位 / 一步到位　　　台灣說法 一步登天

解 釋 ➡ 不需經過多重的步驟與關卡,就達到最終的目標。

八旗子弟 / 八旗子弟　　　台灣說法 紈袴子弟

解 釋 ➡ 因出生於有錢有勢的家庭,而養成不良習性的人。

名片階層 / 名片阶层

解 釋 ➡ 指印有名片且頻繁參與社交活動的人。

吧兄吧弟 / 吧兄吧弟

解 釋 ➡ 經常出入酒吧的男子。

玻璃小鞋 / 玻璃小鞋　　　台灣說法 玩陰

解 釋 ➡ 表面上看不出來,私底下刁難惡整他人的行為。

候補菸民 / 候补烟民

解 釋 ➡ 泛指剛開始接觸香菸,但終將成為老菸槍的年輕吸菸者。

八卦閒聊篇

氣體食糧 / 气体食粮

台灣說法 香菸

神聊大王 / 神聊大王

解釋 ☞ 說話有趣生動，擅長與人聊天的人。

逆反心理 / 逆反心理

台灣說法 叛逆心理

被動吸菸 / 被动吸烟

台灣說法 二手菸

四二一綜合症 / 四二一综合症

解釋 ☞ 獨生子女因受到家庭的過度保護，所造成的壞習性。（四是指祖父母加外祖父母，二是指父母，一是指獨生子女）

─雞同鴨講─

內地女：今天快讓「被動吸煙」給臭死了。

台灣男：不論是被動或主動，女人家抽煙總是不好。

內地女：你搞不清楚呀，我吸的是你們這些死男人吐出來的煙！

內地女拒煙抗議指數：★★★

生活工廠篇

雜項類

入托 / 入托

解釋 ➡ 將小孩送至托兒所。

小件 / 小件

解釋 ➡ 價格較便宜的家庭用品。

公房 / 公房

台灣說法 公家宿舍

分房 / 分房

台灣說法 分配房屋

解釋 ➡ 指公家單位免費分配住宿的福利。

日雜 / 日杂

解釋 ➡ 日用品與雜貨的合稱。

市話 / 市话

台灣說法 市內電話

立戶 / 立户

台灣說法 開戶

解釋 ➡ 在金融機關開立戶頭。

房補 / 房补

解釋 ➡ 公家單位或政府發的住屋津貼。

拆大 / 拆大

解釋 ➡ 指兩戶人家合住的房子，其中較大的房間。

拆小 / 拆小

解釋 ➡ 指兩戶人家合住的房子,其中較小的房間。

屏幕 / 屏幕　　　　台灣說法 螢幕

解釋 ➡ 又稱「銀屏」、「螢屏」。

家托 / 家托

解釋 ➡ 即指家庭式的托兒所。

現房 / 現房　　　　台灣說法 成屋

解釋 ➡ 已經完工,且可立即出售、交屋的房子。

袖標 / 袖标　　　　台灣說法 臂章

解釋 ➡ 固定縫在袖子上做為識別的標記。

超儲 / 超储　　　　台灣說法 過期

解釋 ➡ 超過保存期限。

過塑 / 过塑　　　　台灣說法 護貝

電帚 / 电帚　　　　台灣說法 電動吸塵器

電貓 / 电猫

解釋 ➡ 電動捕鼠器。

潔具 / 洁具　　　　台灣說法 衛浴設備

121

螢屏／莹屏　　　　　　台灣說法 螢幕

解釋 ➠ 又稱「銀屏」、「屏幕」

儲幣／储币　　　　　　台灣說法 存錢

護封／护封　　　　　　台灣說法 書套

解釋 ➠ 護套、封套。

計算器／计算器　　　　台灣說法 計算機

三大件／三大件

解釋 ➠ 縫紉機、腳踏車、手錶為「老三大件」，冰箱、洗衣機、電風扇為「新三大件」，錄影機、組合音響、電視機為「新新三大件」。

上質量／上质量

解釋 ➠ 提升環境、服務、產品等方面的品質與水準。

士敏土／士敏土　　　　台灣說法 水泥

解釋 ➠ 「士敏」是英文cement的譯音。

大鍋水／大锅水

解釋 ➠ 由公家負擔水費的用水。

小金庫／小金库　　　　台灣說法 私房錢

小商品／小商品

解釋 ➠ 種類繁多的各種生活小用品，如：小五金等。

公子樓 / 公子楼

解 釋 ➟ 指領導幹部運用職權之便，為子女侵佔的公家住房。

多層樓 / 多层楼

解 釋 ➟ 七層以下的住宅，有別於「高層樓」。

自選屋 / 自选屋　　台灣說法 開架式商店

解 釋 ➟ 又稱「自選商店」。商品陳列在貨架上，供顧客自由挑選的商店。

步談機 / 步谈机　　台灣說法 對講機

空調鞋 / 空调鞋　　台灣說法 氣墊鞋

空關房 / 空关房　　台灣說法 空屋

保健箱 / 保健箱　　台灣說法 急救箱

解 釋 ➟ 又稱「急救包」、「救生盒」。

星期鞋 / 星期鞋

解 釋 ➟ 又稱「禮拜鞋」。穿一星期就壞掉的鞋，有諷刺其品質不佳的意味。

商品房 / 商品房

解 釋 ➟ 以銷售產品為主的房屋。

單元樓 / 单元楼

123

解 釋 ➟ 指包含許多單位的房子。

生活工廠篇

集資樓 / 集资楼

台灣說法 公寓

廉價房 / 廉价房

解釋 ☛ 著重實用設計、售價適合中低收入戶的住宅。

鴛鴦樓 / 鸳鸯楼

解釋 ☛ 專門租賃給新婚夫妻的公家住房，須由工作單位提供證明才可申請，期限之後就必須搬離。

一彩三雙 / 一彩三双

解釋 ☛ 指彩色電視機、雙槽洗衣機、雙門電冰箱、雙卡收錄音機等新型電器。

三轉一響 / 三转一响

解釋 ☛ 「三轉」是指腳踏車、縫紉機、手錶，「一響」是指收音機。

大菜籃子 / 大菜篮子

台灣說法 果菜批發市場

可視電話 / 可视电话

解釋 ☛ 利用電話裝置可以聽見對方的聲音，同時可在螢幕上看到對方的影像。

安全門鏡 / 安全门镜

台灣說法 門眼

解釋 ☛ 安裝在門上用來監看門外情形的圓形廣角鏡。

雞同鴨講

內地女：「大菜籃子」裡的菜新鮮又便宜呢！
台灣男：家裡只有小菜籃子，哪有「大菜籃子」？

台灣男完全狀況外指數：★★★

自選商場 / 自选商场

台灣說法 超市

住宅小區 / 住宅小区

台灣說法 社區

居住小區 / 居住小区

台灣說法 社區

居住單元 / 居住单元

解 釋 ➡ 整棟住宅中使用同一個樓梯的住戶範圍。

屏幕文字 / 屏幕文字

台灣說法 字幕

家庭婦男 / 家庭妇男

台灣說法 家庭主夫

商品住宅 / 商品住宅

解 釋 ➡ 以營業為主的住宅。

組合服裝 / 组合服装

解 釋 ➡ 用相同的布料縫製成各種不同的衣服，可自由搭配組合成不同的套裝。

新四大件 / 新四大件

解 釋 ➡ 指電風扇、洗衣機、電視機、錄音機，或電冰箱、洗衣機、電視機、錄音機等四種家電用品。

禮儀電報 / 礼仪电报

解 釋 ➡ 對婚喪喜慶的當事人所發的電報，用以表達慶弔的心意。

生活工廠篇

一次性商品 / 一次性商品

解釋 ☞ 無法重複使用，用一次就得丟棄的商品，如：立可拍相機。

二次性電池 / 二次性电池 台灣說法 備用電池、可充式電池

高清晰度電視 / 高清晰度电视 台灣說法 高傳眞電視

解釋 ☞ 指螢幕掃瞄條數多而使畫質較為清晰的電視。

高標準內銷房 / 高标准内销房 台灣說法 高級住宅

食物類

土豆 / 土豆
台灣說法 馬鈴薯

解釋 ☞ 大陸北方的習慣說法。「土豆條」即為台灣所說的「炸薯條」。

冰棍 / 冰棍
台灣說法 冰棒

冷麵 / 冷面
台灣說法 涼麵

汽酒 / 汽酒

解釋 ☞ 含有二氧化碳的氣泡式水果酒。

翅子 / 翅子
台灣說法 魚翅

細菜 / 细菜

解釋 ☞ 限量銷售的時鮮蔬菜,價格通常比較高。

方便麵 / 方便面
台灣說法 速食麵、泡麵

雞同鴨講

內地女:今天中午值班,所以只好吃「冷麵」。
台灣男:傻瓜,茶水間有微波爐,麵冷了就用它加熱呀。
內地女:哪有人把「冷麵」加熱的,土死了!

內地女食慾全無指數:★★★★

代用鹽 / 代用盐

台灣說法 低納鹽

西紅柿 / 西红柿

台灣說法 蕃茄

兩片罐 / 两片罐

解 釋 ☞ 易開罐式的罐頭。

保險肉 / 保险肉

解 釋 ☞ 符合衛生標準並經過認證的肉類。

保險菜 / 保险菜

台灣說法 有機蔬菜

解 釋 ☞ 沒有經過農藥污染的蔬菜。

軟包裝 / 软包装

台灣說法 鋁箔包

軟飲料 / 软饮料

台灣說法 不含酒精飲料

解 釋 ☞ 即soft drink的音譯。

軟罐頭 / 软罐头

台灣說法 食物調理包

解 釋 ☞ 食用前可整包連袋加熱的鋁箔軟質包裝食品。

酸牛奶 / 酸牛奶

台灣說法 酸乳酪、優酪乳

方便食品 / 方便食品

解 釋 ☞ 又稱「快餐食品」，只須經簡單的烹調步驟即可食用的食品。

生物食品 / 生物食品　　台灣說法 天然食品

仿真食品 / 仿真食品

解 釋 ☞ 仿製成與天然食品極度相似的人工食品。

固體飲料 / 固体饮料　　台灣說法 隨身包

解 釋 ☞ 加工製成的粉末飲品，飲用時須以熱水沖泡，如：咖啡粉、奶茶粉。

超級蔬菜 / 超级蔬菜　　台灣說法 水耕蔬菜

黑色食品 / 黑色食品

解 釋 ☞ 內含有黑色色素的食物，例如：海帶、黑芝麻等。

綠色食品 / 绿色食品　　台灣說法 健康食品

筆記欄

國際政治新聞篇

國際政治新聞篇

三胞 / 三胞

解 釋 ☞ 港澳同胞、台灣同胞、海外僑胞的合稱。

下訪 / 下访

台灣說法 走訪基層

解 釋 ☞ 政府官員至各地視察、關心。

上訪 / 上访

台灣說法 陳情

解 釋 ☞ 對於不合理的事物，往上級或法院等申訴。

大牆 / 大墙

解 釋 ☞ 又稱「高牆」，即指勞動改造、勞動教育或監獄等場所。

大鍋 / 大锅

台灣說法 小耳朵

解 釋 ☞ 專門用來接收衛星電視訊號的天線。

代論 / 代论

解 釋 ☞ 平面媒體用來代替社論的同質性文章。

打私 / 打私

台灣說法 緝私

解 釋 ☞ 對走私犯罪活動加以打擊。

打拐 / 打拐

解 釋 ☞ 對於拐騙兒童與婦女的罪犯加以打擊。

打非 / 打非

台灣說法 打擊犯罪

死緩 / 死缓

解釋 ☞ 死刑犯在獄中服刑的兩年期間內，若表現良好者，可以減刑處理。

車盜 / 车盗

解釋 ☞ 專門在車上偷取財物的竊賊。

信訪 / 信访

台灣說法 寫信陳情

峰會 / 峰会

台灣說法 高峰會議

海灣 / 海湾

台灣說法 波斯灣

解釋 ☞ 「海灣戰爭」即為「波斯灣戰爭」。

烈度 / 烈度

台灣說法 強度（地震）

掃盲 / 扫盲

解釋 ☞ 對不識字的成年人施予識字教育，即「掃除文盲」的意思。

票提 / 票提

解釋 ☞ 以拘票拘提犯案者。

販私 / 贩私

解釋 ☞ 販賣走私物品的非法行為。

黑片 / 黑片

解釋 ☞ 黃色、盜版、走私等非法的錄影帶。

國際政治新聞篇

經打 / 经打

解 釋 ☞ 對於經濟領域中的犯罪活動加以打擊。

團伙 / 团伙

台灣說法 犯罪集團

對話 / 对话

解 釋 ☞ 國際間的談判與接觸。

慣偷 / 惯偷

台灣說法 慣竊

製黃 / 制黃

解 釋 ☞ 製作黃色錄影帶、黃色書刊等不法行為。

藍證 / 蓝证

台灣說法 離婚證書

解 釋 ☞ 因為大陸的離婚證書封面為藍色，所以稱為藍證。

騙奸 / 骗奸

台灣說法 誘姦

土政策 / 土政策

台灣說法 地方政策

解 釋 ☞ 地方政府於國家政策外，所額外自行制訂的政策。

大牆人 / 大墙人

解 釋 ☞ 指正在接受勞動改造、勞動教育，或在監獄中服刑的人。

小紅書 / 小红书

解 釋 ☞ 即指「毛語錄」。

公檢法 / 公检法

解 釋 ▸ 「公安」、「檢查」、「司法」三者的合稱。

中央臺 / 中央台

解 釋 ▸ 全名為「中央人民廣播電台」。

少管所 / 少管所 　　　　　　台灣說法 少年觀護所

解 釋 ▸ 專門收留少年犯的場所。

可卡因 / 可卡因 　　　　　　台灣說法 古柯鹼

解 釋 ▸ 毒品的一種。

四號客 / 四号客

解 釋 ▸ 海洛英簡稱「四號」，所以「四號客」即指吸食海洛英成癮的人。

托老所 / 托老所 　　　　　　台灣說法 養老院

解 釋 ▸ 提供老人生活照護的機構，但僅提供日間服務，晚間須自行處理。

收轉臺 / 收转台 　　　　　　台灣說法 轉播站

垃圾服 / 垃圾服

解 釋 ▸ 由海外運輸到國內的舊衣物。

消息頭 / 消息头

解 釋 ▸ 刊示於電視新聞最前方，包括：消息來源、時間、地點等的文字。

釘子戶 / 钉子户

解 釋 ▸ 指在拆遷房子時，像釘子一樣黏在地上，不願意搬走的住戶。

國際政治新聞篇

票販子 / 票贩子
台灣說法　黃牛

軟新聞 / 软新闻
解釋 ☞ 題材輕鬆或重要性低的新聞。

智殘人 / 智残人
台灣說法　智障人士

期發量 / 期发量
台灣說法　印刷量

解釋 ☞ 指平面媒體每一期所印刷的數量。

發案率 / 发案率
台灣說法　犯罪率

硬新聞 / 硬新闻
解釋 ☞ 題材、內容較為嚴肅的新聞，如：政治新聞、經濟新聞。

超生費 / 超生费
解釋 ☞ 因超過生育數字而被處罰的款項。

新聞眼 / 新闻眼
解釋 ☞ 新聞工作者處理新聞事件時，所具備的分析、觀察等獨特眼光。

新聞鼻 / 新闻鼻
解釋 ☞ 新聞工作者對於新聞事件的敏感度。

歐共體 / 欧共体
台灣說法　歐洲共同市場

解釋 ☞ 「歐洲共同體」的簡稱，由英、法、德、義、比利時、荷蘭、盧森堡、愛爾蘭、丹麥、希臘、西班牙、葡萄牙十二會員國所組成，對國際政經有相當影響力的跨國國際組織。

碼櫃台 / 码柜台

解 釋 ➡ 專門在服裝店中，趁客人試穿衣服時偷取其財物的犯罪手法。

橄欖綠 / 橄榄绿

解 釋 ➡ 指「武裝警察」，取其制服的顏色為橄欖綠。

人民日報 / 人民日报

解 釋 ➡ 大陸發行量最大的報紙，為中國共產黨黨營。

口頭新聞 / 口头新闻

解 釋 ➡ 以口語傳達的方式來發布新聞，如：記者招待會。

大氣污染 / 大气污染　　空氣污染

解 釋 ➡ 空氣中雜有灰塵、浮游塵、有害氣體等污染物質，直接影響公眾健康的現象。

市政拆遷 / 市政拆迁

解 釋 ➡ 市政府因都市計畫的需求而須拆遷計畫範圍內的房屋。

白衣戰士 / 白衣战士　　白衣天使

解 釋 ➡ 指醫療護理人員，因其制服正好為白色。

有償新聞 / 有偿新闻

解 釋 ➡ 須給予媒體贈品或酬勞等好處，才予以報導的新聞。

低常兒童 / 低常儿童　　智障兒、低能兒

明星城市 / 明星城市

解 釋 ➡ 經濟、工業等各方面的發展均為良好的中等城市。

國際政治新聞篇

沸點新聞 / 沸点新闻
台灣說法 焦點新聞

珍稀動物 / 珍稀动物
台灣說法 稀有動物

枴杖工程 / 枴杖工程
解釋 ➡ 指上海市專為老年人提供的便利措施。

救命電話 / 救命电话
台灣說法 生命線

終身號碼 / 终身号码
台灣說法 身份證號碼

報刊代號 / 报刊代号
解釋 ➡ 又稱「郵發代號」。為方便遞送作業,經由郵局發送的平面媒體,均由郵局設定一代號。

電腦新聞 / 电脑新闻
解釋 ➡ 指用電子螢幕發布的新聞,或用電子郵件發布的新聞。

電話竊賊 / 电话窃贼
解釋 ➡ 未經他人同意,就用其電話撥打長途電話的人。

雞同鴨講
內地女:老闆,公司又遇到「電話竊賊」了。
台灣男:亂說,電話明明都還在。
內地女:還是讓帳單來向您解釋吧!

內地女難以解釋指數:★★★

榮譽軍人 / 荣誉军人

解釋 ☞ 對傷殘軍人的尊稱。

漢語拼音 / 汉语拼音　台灣說法　羅馬拼音

解釋 ☞ 以拉丁字母注音來拼寫普通話。

慰問部隊 / 慰问部队　台灣說法　勞軍

一次性安置 / 一次性安置

解釋 ☞ 房屋拆遷改建時，直接將原住戶安排到新的住所，與「過渡性安置」
相反。

不發達國家 / 不发达国家　台灣說法　未開發國家

立體式報導 / 立体式报导

解釋 ☞ 對某一事件作全方位、多層面的報導。

告訴才處理 / 告诉才处理　台灣說法　告訴乃論

解釋 ☞ 須由受害者主動提出告訴後，檢調單位才進行調查的案件。

居民身份證 / 居民身份证　台灣說法　國民身份證

厄爾尼諾現象 / 厄尔尼诺现象　台灣說法　聖嬰現象

解釋 ☞ 每隔幾年，就會因為海溫變得太高，甚至改變氣候型態及生態並造成
災害的異常現象。

剝奪政治權利 / 剥夺政治权利　台灣說法　褫奪公權

139

解釋 ☞ 罪犯於定罪後的罰則之一，即指在一定期間內，喪失公民依法應享有
的政治權利。

筆記欄

校園物語篇

校園物語篇

大票 / 大票

台灣說法 大學文憑

小教 / 小教

解釋 ☞ 「小學教育」的簡稱。

中考 / 中考

台灣說法 高中聯考、高職聯考

五大 / 五大

解釋 ☞ 「職工大學」、「工業大學」、「電視大學」、「函授大學」、「夜大學」等五種性質特殊的大學。

刊大 / 刊大

解釋 ☞ 「刊授大學」的簡稱，教學方式是以閱讀書刊與教材為主的大學。

考托 / 考托

台灣說法 考托福

考季 / 考季

解釋 ☞ 指考GRE，取「季」與「G」的諧音而來。

考點 / 考点

台灣說法 考場

快班 / 快班

台灣說法 前段班、A段班、好班

技校 / 技校
台灣說法　職業學校

攻博 / 攻博
解釋 ☛ 攻讀博士學位的簡稱。

流生 / 流生
台灣說法　中輟生

教星 / 教星
台灣說法　名師

統考 / 统考
台灣說法　聯考

統招 / 统招
台灣說法　聯招

替考 / 替考
台灣說法　槍手
解釋 ☛ 代替應考者去參加考試的人。

評卷 / 评卷
台灣說法　閱卷

黑道 / 黑道
解釋 ☛ 指從事學術研究之發展途徑。

慢班 / 慢班
台灣說法　後段班、放牛班

校園物語篇

駕校 / 驾校
台灣說法 駕訓班

藍道 / 蓝道
解 釋 ► 出國留學之道，因為海洋是藍色的，取飄洋到海外唸書的意思。

二部制 / 二部制
解 釋 ► 因學生人數過多，而軟、硬體設備不足的情況下，學生須分兩批輪流上課的情況。

大學漏 / 大学漏
解 釋 ► 又稱「高考漏」，指大學聯考落榜的人。

分數線 / 分数线
台灣說法 最低錄取標準

少年班 / 少年班
解 釋 ► 大專院校為培養資優的少年，所開設的專業訓練課程。

男阿姨 / 男阿姨
解 釋 ► 指從事幼教工作的男性。

走讀生 / 走读生
台灣說法 通學生

往屆生 / 往届生
解 釋 ► 已畢業的學生，但不包括應屆畢業生。

後門生 / 后门生
解 釋 ► 又稱「關係生」、「條子生」，指靠特殊關係入學的學生。

高複班 / 高复班

台灣說法 升大學補習班

貸學金 / 贷学金

台灣說法 助學貸款

解 釋 ▶ 學生於繳不出學費時,可先向銀行借貸,再於畢業後再分期攤還。

調檔線 / 调档线

解 釋 ▶ 大學入學考試須達某一標準,各校才可調閱其資料,做為錄取與否的參考。

雙差生 / 双差生

解 釋 ▶ 學習能力與品德操行都很差的學生。

議價生 / 议价生

解 釋 ▶ 被迫繳交高額且不合理的學費,才可就學的學生。

讀書班 / 读书班

台灣說法 幹訓班

解 釋 ▶ 大陸為提昇幹部素質,所特別開設的短期訓練班。

工讀學校 / 工读学校

解 釋 ▶ 針對未達法律處分條件的青少年犯罪,所開設的輔導學校。

五四學制 / 五四学制

解 釋 ▶ 小學五年、初中四年的新學制。

父母學校 / 父母学校

台灣說法 親職教育

解 釋 ▶ 指導父母如何推行家庭教育的課程。

民族學院 / 民族学院

145

解 釋 ▶ 專門教授中國境內各民族之傳統藝術的學院。

民辦大學 / 民办大学 　　台灣說法 私立大學

成人高考 / 成人高考

解 釋 ☞ 指成年人在通過自學後，所報名參加的大學入學考試。

自學考試 / 自学考试 　　台灣說法 學歷檢定考試

豆芽學科 / 豆芽学科 　　台灣說法 副科

解 釋 ☞ 主科以外較不重要的科目。

浮動學制 / 浮动学制

解 釋 ☞ 臨時且不固定的學制。

特級教師 / 特级教师 　　台灣說法 優良教師

高考達線 / 高考达线

解 釋 ☞ 指參加大學聯考且達到錄取標準的情況。

高等院校 / 高等院校 　　台灣說法 大專院校

第一堂課 / 第一堂课

解 釋 ☞ 指課堂上的教學。

第二堂課 / 第二堂课

解 釋 ☞ 指課外教學活動。

第三堂課 / 第三堂课

解 釋 ➡ 指文化中心、博物館、美術館等對學生具有教育作用的公共場所。

超常兒童 / 超常儿童

台灣說法 資優兒童、天才兒童

電視大學 / 电视大学

台灣說法 空中大學

廠校掛鉤 / 厂校挂钩

台灣說法 建教合作

解 釋 ➡ 學校與工廠間的合作關係。

課時工資 / 课时工资

台灣說法 鐘點費

隱形課程 / 隐形课程

解 釋 ➡ 雖未列入正式課程當中，但卻十分重要的教育項目。

大學少年班 / 大学少年班

解 釋 ➡ 大學中特別為資優少年所開設的班。

瓜菜代學校 / 瓜菜代学校

解 釋 ➡ 「瓜菜代」原指飢荒時以瓜代菜的情況，此指軟、硬體水準皆不佳的
學校。

筆記欄

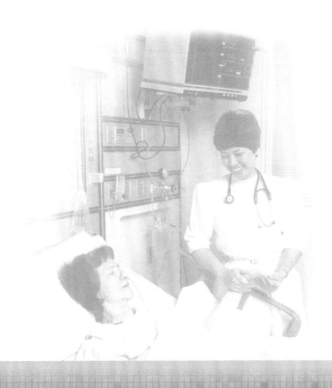

保健醫療篇

保健醫療篇

乙肝 / 乙肝

台灣說法　B型肝炎

乙腦 / 乙脑

台灣說法　日本腦炎

上感 / 上感

台灣說法　上呼吸道感染

丙肝 / 丙肝

台灣說法　C型肝炎

甲肝 / 甲肝

台灣說法　A型肝炎

耳針 / 耳针

解　釋 ☞ 針刺療法的一種。

沖劑 / 冲剂

解　釋 ☞ 將中藥材提煉製成膠囊型或塊狀、顆粒等形狀。

男科 / 男科

解　釋 ☞ 治療男性特殊生理疾病，相對於「婦產科」。

男絕 / 男绝

台灣說法　男性結紮

兒麻 / 儿麻　　　　　📋台灣說法 小兒麻痺症

查體 / 查体　　　　　📋台灣說法 體檢

流感 / 流感　　　　　📋台灣說法 流行性感冒

流腦 / 流脑　　　　　📋台灣說法 流行性腦炎

風浴 / 风浴

解釋 ☞ 適應流動快速的空氣以鍛鍊身體的一種運動。

浴療 / 浴疗　　　　　📋台灣說法 水療

針麻 / 针麻　　　　　📋台灣說法 針刺麻醉

硅肺 / 硅肺　　　　　📋台灣說法 矽肺

解釋 ☞ 因長期吸入含有矽化物的空氣,而導致肺葉纖維化的疾病,也是大陸
　　　目前危害最為嚴重、增長最快的職業病。

開盲 / 开盲

解釋 ☞ 讓盲人重見天日。

痤瘡 / 痤疮　　　　　📋台灣說法 青春痘

輸液／输液

台灣說法 吊點滴

優育／优育

解釋 ➤ 針對嬰幼兒的特點進行栽培，以期望達到更好的發展。

癌變／癌变

解釋 ➤ 由良性腫瘤轉為惡性的癌症病變。

藥枕／药枕

解釋 ➤ 枕頭內裝有中藥材。

CT機／CT机

台灣說法 電腦斷層掃描機

人情方／人情方

解釋 ➤ 醫護人員礙於人情而多開出的處方，如：補藥。

大處方／大处方

解釋 ➤ 指看病時醫生所開出的劑量大、種類多的處方。

大樓病／大楼病

解釋 ➤ 久居大樓而出現的暈眩、喉嚨痛等不明症狀。

大衛生／大卫生

解釋 ➤ 泛指居家衛生、環境衛生、個人衛生、公共衛生等廣義的衛生。

大鍋藥／大锅药

解釋 ➤ 公費藥或藉指公費醫療制度。

中成藥 / 中成药
台灣說法　科學中藥

解釋 ► 用中藥材所配製出的各類型成藥。

多發病 / 多发病

解釋 ► 容易感染的疾病。

艾滋病 / 艾滋病
台灣說法　愛滋病、AIDS

解釋 ► 又稱「超級癌症」。

血管操 / 血管操

解釋 ► 以冷水沐浴，加強血管縮張的長期訓練。

空調病 / 空调病

解釋 ► 空調使用不當而引發的疾病。

花處方 / 花处方

解釋 ► 醫護人員礙於人情而開出的不合理處方，如：多開份量、用昂貴的藥等。

附件炎 / 附件炎

解釋 ► 指輸卵管、卵巢等子宮以外的器官發炎的症狀。

保健操 / 保健操

解釋 ► 結合穴道按摩、推拿等傳統醫療而開發的一種健身運動。

冠心病 / 冠心病

解釋 ► 即「冠狀動脈心臟病」。

個體醫 / 个体医
台灣說法　私人診所

保健醫療篇

高樓病 / 高楼病

解釋 ➡ 因高樓不當空調或通風不良而引起的不適症狀。

軟醫學 / 软医学　　　　台灣說法 中醫、中藥學

尊嚴死 / 尊严死　　　　台灣說法 安樂死

解釋 ➡ 又稱「慈悲殺人」、「優死」。

節日病 / 节日病

解釋 ➡ 在節日期間所引發的疾病與傷害，如：吃太多造成腸胃不適、被炮竹炸傷等。

電視病 / 电视病　　　　台灣說法 電視症候群

綜合症 / 综合症　　　　台灣說法 併發症

綠內障 / 绿内障　　　　台灣說法 青光眼

廚房病 / 厨房病

解釋 ➡ 吸入大量油煙而導致的肺部疾病。

C型行為 / C型行为

解釋 ➡ 容易引起癌症的反常行為，例如憂鬱、悲觀、暴飲暴食等。

赤腳醫生 / 赤脚医生

解釋 ➡ 指在人民公社時期的農村，既務農也在醫院幫忙的基層衛生人員。

家庭病床 / 家庭病床　　台灣說法 居家護理

骨質增生 / 骨质增生　　台灣說法 長骨刺

第一醫學 / 第一医学

解 釋 ➡ 指「預防醫學」。

第二醫學 / 第二医学

解 釋 ➡ 指「臨床醫學」。

第三醫學 / 第三医学

解 釋 ➡ 指「復健醫學」。

第四醫學 / 第四医学

解 釋 ➡ 指「智力醫學」。

電腦大夫 / 电脑大夫　　台灣說法 電腦診斷

點名手術 / 点名手术　　台灣說法 指定醫生

冰箱綜合症 / 冰箱综合症

解 釋 ➡ 因食用冷藏不當的食物而導致腹瀉、嘔吐等症狀。

非典型肺炎 / 非典型肺炎　台灣說法 SARS

筆記欄

社會現象篇

社會現象篇

三陪 / 三陪

台灣說法　公關公主、坐檯小姐

解釋 ☛ 在舞廳、歌廳等聲色場合中「陪酒」、「陪舞」、「陪唱」。

五毒 / 五毒

解釋 ☛ 指「逃漏稅款」、「偷工減料」、「行賄」、「竊取國家財產」、「竊取國家經濟情報」等五種工商業界的不法活動。

白災 / 白灾

解釋 ☛ 廢棄的農業用塑膠膜造成的環境污染，或指暴風雪對牧區造成的損害。

國病 / 国病

解釋 ☛ 普遍存在於社會各個角落的弊病。

釣票 / 钓票

解釋 ☛ 搭車者如果沒有買到車票，就得像釣魚者般有耐心，等候他人退票。

買生 / 买生

解釋 ☛ 在「一胎化」政策下，寧願受罰仍冒險再生育的情形。

超生 / 超生

解釋 ☛ 不遵守國家規定的人口政策，私自進行超額生育。

超懷 / 超怀

解釋 ☛ 在國家規定的人口政策下超額懷孕。

黑人 / 黑人

台灣說法　幽靈人口

解釋 ☛ 指沒有戶口或未報戶口的人。

黑戶 / 黑户

解釋 ☛ 指沒有營業執照的商家或沒有戶口的家庭。

腦庫 / 脑库

台灣說法　智囊團

躲生 / 躲生

解釋 ☛ 婦女躲起來超額生育的現象。

獨苗 / 独苗

台灣說法　獨生子、獨生女

一孩戶 / 一孩户

台灣說法　一胎化

解釋 ☛ 為預防人口成長過度快速，規定一對夫妻只能生一個孩子的人口政策。

二女戶 / 二女户

解釋 ☛ 一對夫妻所生的兩個孩子都是女生的家庭。

二首長 / 二首长

解釋 ☛ 指親信、配偶、子女等跟隨在行政首長身邊，對其施政有影響力的人。

三角債 / 三角债

解釋 ☛ 三個企業間彼此借貸拖欠，最後演變成連環債務的關係。

女兒戶 / 女儿户

解釋 ☛ 夫妻所生的小孩都是女兒的家庭，又稱「純女戶」。

小太陽 / 小太阳

台灣說法　獨生子、獨生女

中字輩 / 中字辈　　　台灣說法　中生代

多角債 / 多角债

解釋 ☛ 三個以上企業間彼此借貸拖欠，最後演變成連環債務的關係，又稱「多邊債」、「連環債」。

特困戶 / 特困户　　　台灣說法　低收入戶

短平快 / 短平快

解釋 ☛ 排球的術語，即扣殺快速球過網的意思。比喻結婚、離婚都很快的婚姻，或指投資報酬率高又快的科技類股。

超支戶 / 超支户

解釋 ☛ 總支出超過總收入的家庭。

黑孩子 / 黑孩子

解釋 ☛ 指出生後沒有戶籍的孩子。

愛資病 / 爱资病　　　台灣說法　拜金主義

解釋 ☛ 指過度追求金錢的思想與行為，已達病態的程度。

獨女戶 / 独女户

解釋 ☛ 一對夫妻只有生養一個女兒的家庭。

雙女戶 / 双女户

解釋 ☛ 指一對夫妻生養兩個女兒的家庭。

雙文明 / 双文明

解釋 ☛ 指精神文明和物質文明。

一家兩制 / 一家兩制

解 釋 ☛ 夫妻兩人中，一個在公營單位工作，一個在民營單位工作。

人才赤字 / 人才赤字

解 釋 ☛ 人才外流的速度比流入快。

三門幹部 / 三门干部　　　[台灣說法] 新鮮人

解 釋 ☛ 指離開「家門」後進入「校門」，離開「校門」後進入「公司門」的幹部，意指缺乏實際工作經驗的人。

三門學生 / 三门学生　　　[台灣說法] 富家子弟

解 釋 ☛ 指離開「家門」後進入「校門」，離開「校門」後進入「公司門」的學生，意指很少吃苦、生活順遂的年輕人。

不方便戶 / 不方便户

解 釋 ☛ 因人口多而使生活上不便的家庭環境，例如三代同堂的家庭。

代際關係 / 代际关系

解 釋 ☛ 上一代與下一代的相處關係。

半邊家庭 / 半边家庭　　　[台灣說法] 單親家庭

白色消費 / 白色消费

解 釋 ☛ 指有關喪葬方面的支出。

灰色現象 / 灰色现象

解 釋 ☛ 收賄、行賄等曖昧墮落的社會現象。

明星效應 / 明星效应

解 釋 ☛ 又稱「名人效應」。知名度高的明星或名人，對社會所產生的影響現象。

社會現象篇

首都意識 / 首都意识

解釋 ☞ 居住在首都的人民，所具有的表率感與責任感。

海外關係 / 海外关系

解釋 ☞ 與居住在國外的人有親屬關係。

涉外婚姻 / 涉外婚姻

解釋 ☞ 指大陸人民與港澳同胞、海外華僑、他國公民的婚姻關係。

馬太效應 / 马太效应

解釋 ☞ 指社會上的優秀人才因其光環之故，較常人容易取得機會與資源，可使其實力更加精進，但平凡人則正好相反。意指優秀的人越來越優秀，平凡的人越來越平凡的意思。

移地超生 / 移地超生

解釋 ☞ 婦女遷移至戶籍所在地外的地區超額生育。

隔代家長 / 隔代家长

解釋 ☞ 指對孫子女、外孫子女有監護權的祖父母或外祖父母。

獨身家庭 / 独身家庭

解釋 ☞ 指因喪偶、離婚、單身未婚等狀況而一人獨自生活的家庭。

隱形失業 / 隐形失业

解釋 ☞ 無法從失業統計數字上反映出來的狀況，又稱「隱蔽性失業」。

斷代家庭 / 断代家庭

解釋 ☞ 指夫妻婚後沒有生養兒女的家庭。

邊際孩子 / 边际孩子

解釋 ☞ 指不遵行人口政策而超額生育的孩子。

第三代三大件 / 第三代三大件

解 釋 ☞ 「自購住宅」、「自用汽車」、「個人電腦」等現代大陸民眾最想要
的三種財產。

筆記欄

附　　録

中國十大名校

近幾年正值內地教育的改革期，尤其學校合併和擴大招生，使許多學校必須強迫適應變革中所帶來的不便，但仍有一些堅持自己辦學、不求合併擴張。在這個策略下的第一批畢業生，今年開始就要出社會找工作，究竟哪十間大學是他們心目中的理想學校呢？

排行	名稱	前身	建校年份	城市	任教/傑出校友	合併學校	圖書館藏書量（冊）	備註
1	清華大學	清華學堂	1911	北京	王國維、梁啓超	中央工藝美術學院、清華大學	260萬	**精神**：自強不息、厚德載物
2	北京大學	京師大學堂	1898	北京	李政道、楊振寧、徐志摩、朱自清	北京醫科大學、北京大學	629萬	**學風**：勤奮、嚴謹、求實、創新
3	南京大學	三江師範學堂、南京高等師範學校、國立中央大學	1902	南京	李叔同、張大千、徐悲鴻、李國鼎	南京大學、金陵大學	370萬	**教學方針**：三育並舉（訓育、智育、體育）、四個平衡（通才/專才、人文/科學、師資/設備、國內/國外）
4	復旦大學	復旦公學	1905	上海		上海醫科大學、復旦大學	414萬	**校訓**：博學而篤志、切問而近思
5	中國科學技術大學	中國科學技術大學	1958	合肥	丁肇中、朱經武	合肥經濟技術學院、中國科學技術大學	153萬	**校風**：勤奮學習、紅專並進、理實交融
6	上海交通大學	南洋公學	1896	上海	江澤民、汪道涵、蔡鍔	上海農學院、上海交通大學	230萬	**傳統**：起點高、基礎厚、要求嚴、重實踐、求創新
7	浙江大學	求是書院	1897	杭州	李政道	浙江大學、杭州大學、浙江農業大學、浙江醫科大學	591萬	**學風**：嚴謹求是精神
8	南開大學	南開學校	1919	天津	周恩來、吳大猷		240萬	**校訓**：允公允能、日新月異
9	中山大學	廣東大學	1924	廣州	孫中山先生、魯迅	中山醫科大學、中山大學	434萬	**校訓**：博學、審問、慎思、明辨、篤行
10	武漢大學	自強學堂	1893	武漢	郁達夫、朱光潛	武漢水利電力大學、武漢測繪科技大學、湖北醫科大學、武漢大學	520萬	**校風**：自強、弘毅、求是、拓新

大陸 VS 台灣節日對照表

大陸日期	節日名稱	台灣日期
一月一日	元旦	一月一日
（農）一月一日～三日	春節	（農）一月一日～四日
（農）一月十五日	元宵節	（農）一月十五日
X	自由日	一月二十三日
二月十四日	情人節	二月十四日
三月八日	婦女節	X
三月十二日	植樹節	三月十二日
四月一日	愚人節	四月一日
X	婦幼節	四月四日
四月四日～六日	清明節	四月五日
五月一日～三日	勞動節	五月一日
五月四日	青年節	三月二十九日
（農）五月五日	端午節	（農）五月五日
五月第二個星期日	母親節	五月第二個星期日
五月十二日	護士節	五月十二日
六月一日	兒童節	X
六月第三個星期日	父親節	八月八日
七月一日	建黨紀念日	X
（農）七月七日	七夕	（農）七月七日
八月一日	解放軍建軍紀念日	X
（農）八月十五日	中秋節	（農）八月十五日
（農）九月九日	重陽節	（農）九月九日
九月十日	教師節	九月二十八日
十月一日	國慶日	十月十日
X	蔣公誕辰紀念日	十月三十一日
X	國父誕辰紀念日	十一月十二日
X	行憲紀念日	十二月二十五日
十二月二十五日	聖誕節	十二月二十五日

167

國 名

編號	大　陸	台　灣	詞條解釋
1	也门民主人民共和国	葉門人民民主共和國／南葉門	西亞國家
2	大阿拉伯利比亚人民社会主义民众国	利比亞阿拉伯人民社會主義群眾國	非洲國家
3	厄瓜多尔共和国	厄瓜多爾共和國	中南美洲國家
4	巴布亚新几内亚独立国	巴布亞紐幾內亞	亞太國家
5	扎伊尔共和国	薩伊	非洲國家
6	文莱达鲁萨兰国	汶萊	亞太國家
7	毛里求斯	模里西斯	非洲國家
8	毛里塔尼亚伊斯兰共和国	茅利塔尼伊斯蘭共和國	非洲國家
9	乍得共和国	查德共和國	非洲國家
10	加纳共和国	迦納共和國	非洲國家
11	加蓬共和国	加彭共和國	非洲國家
12	卡塔尔国	卡達	西亞國家
13	尼日利亚联邦共和国	奈及利亞聯邦共和國	非洲國家
14	布隆迪共和国	蒲隆地共和國	非洲國家
15	瓦努阿图共和国	萬那杜共和國	亞太國家
16	列支敦士登公国	列支敦斯登侯國	歐洲國家
17	危地马拉共和国	瓜地馬拉共和國	中南美洲國家
18	吉布提共和国	吉布地共和國	非洲國家
19	圭亚那合作共和国	蓋亞那合作共和國	中南美洲國家
20	多米尼加联邦	多米尼克	中南美洲國家
21	多米尼加共和国	多明尼加共和國	中南美洲國家
22	安提瓜和巴布达	安地卡及巴布達	中南美洲國家
23	安道尔公国	安道爾侯國	歐洲國家
24	老挝人民民主共和国	寮國人民民主共和國	亞太國家
25	西萨摩亚独立国	西薩摩亞	亞太國家
26	利比里亚共和国	賴比里亞共和國	非洲國家
27	沙特阿拉伯王国	沙烏地阿拉伯王國	西亞國家
28	贝宁人民共和国	貝南人民共和國	非洲國家
29	坦桑尼亚联合共和国	坦尚尼亞聯合共和國	非洲國家
30	冈比亚共和国	甘比亞共和國	非洲國家

編號	大　陸	台　灣	詞條解釋
31	肯尼亚共和国	肯亞共和國	非洲國家
32	阿拉伯也门共和国	葉門阿拉伯共和國	西亞國家
33	阿拉伯埃及共和国	埃及阿拉伯共和國	非洲國家
34	阿拉伯叙利亚共和国	敘利亞阿拉伯共和國	西亞國家
35	阿拉伯联合酋长国	阿拉伯聯合大公國	西亞國家
36	阿曼苏丹国	阿曼王國	西亞國家
37	阿尔及利亚民主人民共和国	阿爾及利亞人民民主共和國	非洲國家
38	特立达尼和多巴哥共和国	千里達共和國	中南美洲國家
39	洪都拉斯共和国	宏都拉斯共和國	中南美洲國家
40	津巴布韦共和国	辛巴威共和國	非洲國家
41	科摩罗伊斯兰联邦共和国	葛摩伊斯蘭聯邦共和國	非洲國家
42	突尼斯共和国	突尼西亞共和國	非洲國家
43	约旦哈希姆王国	約旦哈什米王國	西亞國家
44	哥斯达黎加共和国	哥斯大黎加共和國	中南美洲國家
45	埃塞俄比亚	衣索比亞	非洲國家
46	格林那达	格瑞那達	中南美洲國家
47	泰王国	泰國王國	亞洲國家
48	乌拉圭东岸共和国	烏拉圭共和國	中南美洲國家
49	索马里民主共和国	索馬利亞民主共和國	非洲國家
50	马里共和国	馬利共和國	非洲國家
51	马拉维共和国	馬拉威共和國	非洲國家
52	马尔代夫共和国	馬爾地夫共和國	亞太國家
53	捷克斯洛伐克社会主义共和国	捷克社會主義共和國	歐洲國家
54	莫桑比克人民共和国	莫三比克人民共和國	非洲國家
55	博茨瓦那共和国	波札那共和國	非洲國家
56	喀麦隆共和国	喀麥隆聯合共和國	非洲國家
57	几内亚共和国	幾內亞人民革命共和國	非洲國家
58	几内亚比绍共和国	幾內亞比索共和國	非洲國家
59	斯威士兰共和国	史瓦濟蘭王國	非洲國家
60	汤加王国	東加王國	亞太國家
61	莱索托王国	賴索托王國	非洲國家
62	塞舌尔共和国	塞席爾共和國	非洲國家
63	塞拉利昂共和国	獅子山共和國	非洲國家

附 錄

編 號	大　　陸	台　灣	詞條解釋
64	塞浦路斯共和国	賽普勒斯共和國	西亞國家
65	新西兰	紐西蘭	亞太國家
66	瑙鲁共和国	諾魯共和國	亞太國家
67	圣文森特和格林纳丁斯	聖文森	中南美洲國家
68	圣克里斯托弗和尼维斯联邦	聖克□斯多福	中南美洲國家
69	圣马力诺共和国	聖馬利諾共和國	歐洲國家
70	图瓦卢	吐瓦魯	亞太國家
71	摩纳哥公国	摩納哥侯國	歐洲國家
72	卢旺达共和国	盧安達共和國	非洲國家
73	赞比亚共和国	尚比亞共和國	非洲國家
74	苏丹共和国	蘇丹聯邦共和國	非洲國家
75	苏里南共和国	蘇利南	中南美洲國家

廣東話 VS 普通話

廣東話	普通話	廣東話	普通話
be be床	嬰兒床	生猛	新鮮
一梳蕉	一串香蕉	甩色	掉色
人工	薪水	田雞	青蛙
人客	客人	石油氣爐	瓦斯爐
三文魚	鮭魚	伙計	服務生
上鏈	上發條	地拖	拖把
乞食	要飯	地盤	工地
公仔麵	泡麵	多過你	比你多
巴士	公共汽車	好天	晴天
手信	禮物	好靚	好漂亮
手指公	大拇指	收工	下班
手洗精	冷洗精	朱古力	巧克力
水喉	水龍頭	死火	拋錨
牙擦	牙刷	百足	蜈蚣
牛扒	牛排	行街	逛街
卡片	名片	衣車	縫紉機
打tie	繫領帶	冷衫	毛衣
打交	打架	沖涼	洗澡
打麻雀	打麻將	沖涼房	洗澡間
扒頭	超車	身水身汗	汗流浹背
生果	水果	車大炮	吹牛

171

附 錄

廣東話	普通話	廣東話	普通話
車牌	駕駛執照	洗面膏	洗面乳
例湯	招牌湯	洗頭水	洗髮精
孤寒	吝嗇	相底	底片
定型水	定型液	砌圖	拼圖
底衫	內衣	風筒	吹風機
怕醜	害羞	飛髮佬	理髮師
抽濕機	除濕機	食西北風	喝西北風
拍拖	談戀愛	食飯	吃飯
拍檔	伙伴	食飯檯	飯桌
拆樓	拆房子	食煙	抽煙
拆檔	拆伙	香口膠	口香糖
放紙鳶	放風箏	凍	冷
泊車	停車	唇膏	口紅
炒魷魚	解僱	埋單	結帳
的士	計程車	捉棋	下棋
芝士漢堡	吉士漢堡	捉痛腳	抓辮子
花名	外號	梳化	沙發
花灑	蓮蓬頭	粟米	玉米
青瓜	小黃瓜	粟米湯	玉米濃湯
剃鬚	刮鬍子	臭丸	樟腦丸
屋	房子	衰神	壞蛋
屋租	房租	起身	起床
恤衫	襯衫	起屋	蓋房子
洗面	洗臉	酒店	飯店、賓館

廣東話	普通話	廣東話	普通話
除眼鏡	摘眼鏡	睇戲	看電影
馬蹄	荸薺	斟茶	倒茶
鬼馬	滑頭	暖水壺	熱水壺
啤牌	撲克	椰菜	高麗菜
掛著	想念	落車	下車
第日	改天	裙	裙子
通心菜	空心菜	跳草群舞	鬧情緒
雪條	冰棒	鉛筆刨	削鉛筆機
雪糕	冰淇淋	電單車	摩托車
雪櫃	冰箱	電腦台	電腦桌
魚蛋麵	魚丸麵	電髮	燙頭髮
焗爐	烤箱	搵銀	掙錢
單車	自行車	煲水	燒水
廁紙	衛生紙	煲藥	熬藥
提子	葡萄	滾水	開水
發夢	做夢	漏口	結結巴巴
結他	吉他	碟	盤子
菠蘿	鳳梨	蝕底	虧本
街市	菜市場	銀包	錢包
開單	開發票	銜頭	頭銜
雲吞	餛飩	鳳爪	雞爪子
飯焦	鍋巴	寫字樓	辦公大樓、辦公室
飲茶	喝茶	撞板	碰釘子
黃綠醫生	蒙古大夫	膠擦	橡皮擦

173

廣東話	普通話	廣東話	普通話
踩冰	溜冰	櫃桶	抽屜
踩單車	騎自行車	翻風、打風	颱風
靚仔	帥哥	鎖匙	鑰匙
擔天望地	東張西望	雞翼	雞翅膀
整理箱	收納箱	邊個	哪一個
橡筋	橡皮筋	鐘意	喜歡
頸巾	圍巾	霸位	佔位子
頭殼	腦袋	聽筒	話筒
幫襯	光顧	曬相	沖洗照片
擦牙	刷牙		

簡體字、繁體字對照表

二　畫				
厂⇨廠	卜⇨蔔	儿⇨兒	几⇨幾	了⇨瞭

三　畫				
乾⇨乾	干⇨幹	亏⇨虧	才⇨纔	万⇨萬
与⇨與	千⇨韆	亿⇨億	个⇨個	么⇨麼
广⇨廣	门⇨門	义⇨義	卫⇨衛	飞⇨飛
习⇨習	马⇨馬	乡⇨鄉		

四　畫				
丰⇨豐	开⇨開	无⇨無	韦⇨韋	专⇨專
云⇨雲	艺⇨藝	厅⇨廳	历⇨歷	历⇨曆
区⇨區	车⇨車	冈⇨岡	贝⇨貝	见⇨見
气⇨氣	长⇨長	仆⇨僕	币⇨幣	从⇨從
仑⇨侖	仓⇨倉	风⇨風	仅⇨僅	凤⇨鳳
乌⇨烏	闩⇨閂	为⇨爲	斗⇨鬥	忆⇨憶
订⇨訂	计⇨計	讣⇨訃	认⇨認	讥⇨譏
丑⇨醜	队⇨隊	办⇨辦	邓⇨鄧	劝⇨勸
双⇨雙	书⇨書			

五　畫				
击⇨擊	戋⇨戔	扑⇨撲	节⇨節	术⇨術
龙⇨龍	厉⇨厲	灭⇨滅	东⇨東	轧⇨軋
卢⇨盧	业⇨業	旧⇨舊	帅⇨帥	归⇨歸
叶⇨葉	号⇨號	电⇨電	只⇨隻	只⇨祇

叽⇨嘰	叹⇨嘆	们⇨們	仪⇨儀	丛⇨叢
尔⇨爾	乐⇨樂	处⇨處	鸟⇨鳥	务⇨務
刍⇨芻	饥⇨饑	邝⇨鄺	冯⇨馮	闪⇨閃
兰⇨蘭	汇⇨匯	汇⇨彙	头⇨頭	汉⇨漢
宁⇨寧	讣⇨訃	讧⇨訌	讨⇨討	写⇨寫
礼⇨禮	让⇨讓	讪⇨訕	讫⇨訖	训⇨訓
议⇨議	讯⇨訊	记⇨記	辽⇨遼	边⇨邊
出⇨齣	发⇨發	发⇨髮	圣⇨聖	对⇨對
台⇨臺	台⇨檯	台⇨颱	纠⇨糾	驭⇨馭
丝⇨絲				

六　畫

玑⇨璣	动⇨動	执⇨執	巩⇨鞏	圹⇨壙
扩⇨擴	扪⇨捫	扫⇨掃	扬⇨揚	场⇨場
亚⇨亞	芗⇨薌	朴⇨樸	机⇨機	权⇨權
过⇨過	协⇨協	压⇨壓	厌⇨厭	库⇨庫
页⇨頁	夸⇨誇	夺⇨奪	达⇨達	夹⇨夾
轨⇨軌	尧⇨堯	划⇨劃	迈⇨邁	毕⇨畢
贞⇨貞	师⇨師	当⇨當	当⇨噹	尘⇨塵
吁⇨籲	吓⇨嚇	虫⇨蟲	团⇨團	团⇨糰
吗⇨嗎	屿⇨嶼	岁⇨歲	回⇨迴	岂⇨豈
则⇨則	刚⇨剛	网⇨網	轧⇨軋	钆⇨釓
朱⇨硃	迁⇨遷	乔⇨喬	伟⇨偉	传⇨傳
优⇨優	伤⇨傷	伥⇨倀	价⇨價	伦⇨倫
伧⇨傖	华⇨華	伪⇨偽	向⇨嚮	后⇨後

会⇨會	杀⇨殺	合⇨閤	众⇨眾	爷⇨爺
伞⇨傘	创⇨創	杂⇨雜	负⇨負	犷⇨獷
凫⇨鳧	邬⇨鄔	壮⇨壯	冲⇨衝	妆⇨妝
庄⇨莊	庆⇨慶	刘⇨劉	齐⇨齊	产⇨產
闭⇨閉	问⇨問	闯⇨闖	关⇨關	灯⇨燈
汤⇨湯	忏⇨懺	兴⇨興	讲⇨講	讳⇨諱
讴⇨謳	军⇨軍	讵⇨詎	讶⇨訝	讷⇨訥
许⇨許	讹⇨訛	欣⇨訢	论⇨論	讼⇨訟
讽⇨諷	设⇨設	访⇨訪	诀⇨訣	农⇨農
寻⇨尋	尽⇨盡	尽⇨儘	导⇨導	孙⇨孫
阵⇨陣	阳⇨陽	阶⇨階	阴⇨陰	妇⇨婦
妈⇨媽	戏⇨戲	观⇨觀	欢⇨歡	买⇨買
纤⇨紆	红⇨紅	纣⇨紂	驮⇨馱	纤⇨繚
纤⇨纖	纥⇨紇	驯⇨馴	纨⇨紈	约⇨約
级⇨級	圹⇨壙	纪⇨紀	驰⇨馳	纫⇨紉

七　畫

寿⇨壽	麦⇨麥	玛⇨瑪	进⇨進	远⇨遠
违⇨違	韧⇨韌	运⇨運	抚⇨撫	坛⇨壇
坏⇨壞	抠⇨摳	坜⇨壢	扰⇨擾	坝⇨壩
贡⇨貢	折⇨摺	抢⇨掄	抢⇨搶	坞⇨塢
坟⇨墳	护⇨護	壳⇨殼	块⇨塊	声⇨聲
报⇨報	拟⇨擬	芜⇨蕪	苇⇨葦	苍⇨蒼
严⇨嚴	芦⇨蘆	劳⇨勞	克⇨剋	苏⇨蘇
苏⇨囌	极⇨極	杨⇨楊	两⇨兩	丽⇨麗

医⇨醫	励⇨勵	还⇨還	矶⇨磯	歼⇨殲
来⇨來	欤⇨歟	轩⇨軒	连⇨連	轫⇨軔
卤⇨鹵	卤⇨滷	邺⇨鄴	监⇨監	时⇨時
县⇨縣	里⇨裏	呕⇨嘔	园⇨園	呖⇨嚦
旷⇨曠	围⇨圍	吨⇨噸	邮⇨郵	困⇨睏
员⇨員	听⇨聽	呛⇨嗆	呜⇨嗚	别⇨彆
财⇨財	囵⇨圇	帏⇨幃	岖⇨嶇	岗⇨崗
帐⇨帳	岚⇨嵐	针⇨針	钉⇨釘	钊⇨釗
乱⇨亂	体⇨體	佣⇨傭	彻⇨徹	余⇨餘
谷⇨穀	邻⇨鄰	肠⇨腸	龟⇨龜	犹⇨猶
狈⇨狽	鸠⇨鳩	条⇨條	岛⇨島	邹⇨鄒
饨⇨飩	饧⇨餳	饭⇨飯	饮⇨飲	系⇨係
系⇨繫	冻⇨凍	状⇨狀	亩⇨畝	库⇨庫
疗⇨療	应⇨應	这⇨這	庐⇨廬	闰⇨閏
闱⇨闈	闲⇨閑	闲⇨閒	间⇨間	闵⇨閔
闷⇨悶	灿⇨燦	沥⇨瀝	沦⇨淪	沧⇨滄
沟⇨溝	沪⇨滬	沈⇨瀋	怃⇨憮	怀⇨懷
忧⇨憂	忾⇨愾	怅⇨悵	怆⇨愴	穷⇨窮
证⇨證	诂⇨詁	启⇨啓	评⇨評	补⇨補
诅⇨詛	识⇨識	诈⇨詐	诉⇨訴	诊⇨診
诇⇨詗	词⇨詞	诏⇨詔	译⇨譯	灵⇨靈
层⇨層	迟⇨遲	张⇨張	际⇨際	陆⇨陸
陇⇨隴	陈⇨陳	坠⇨墜	劲⇨勁	纬⇨緯
纭⇨紜	驱⇨驅	纯⇨純	纱⇨紗	纲⇨綱

纳⇨納	驳⇨駁	纵⇨縱	纶⇨綸	纷⇨紛
纸⇨紙	纹⇨紋	纺⇨紡	驴⇨驢	纽⇨紐
纾⇨紓				

八 畫

玮⇨瑋	环⇨環	责⇨責	现⇨現	表⇨錶
规⇨規	拢⇨攏	拣⇨揀	垆⇨壚	担⇨擔
顶⇨頂	拥⇨擁	势⇨勢	拦⇨攔	拧⇨擰
拨⇨撥	择⇨擇	苹⇨蘋	范⇨範	茎⇨莖
枢⇨樞	枥⇨櫪	柜⇨櫃	板⇨闆	松⇨鬆
枪⇨槍	枫⇨楓	构⇨構	丧⇨喪	画⇨畫
枣⇨棗	卖⇨賣	郁⇨鬱	矾⇨礬	矿⇨礦
码⇨碼	厕⇨廁	奋⇨奮	态⇨態	瓯⇨甌
欧⇨歐	殴⇨毆	垄⇨壟	郏⇨郟	轰⇨轟
顷⇨頃	转⇨轉	轭⇨軛	斩⇨斬	轮⇨輪
软⇨軟	鸢⇨鳶	齿⇨齒	虏⇨虜	肾⇨腎
贤⇨賢	昙⇨曇	国⇨國	畅⇨暢	咙⇨嚨
鸣⇨鳴	咛⇨嚀	罗⇨羅	罗⇨囉	帜⇨幟
岭⇨嶺	凯⇨凱	败⇨敗	账⇨賬	贩⇨販
贬⇨貶	贮⇨貯	图⇨圖	购⇨購	钍⇨釷
钏⇨釧	钐⇨釤	钓⇨釣	钒⇨釩	钉⇨釘
钗⇨釵	制⇨製	刮⇨颳	侠⇨俠	侥⇨僥
侦⇨偵	侧⇨側	凭⇨憑	侨⇨僑	侩⇨儈
货⇨貨	侪⇨儕	侬⇨儂	质⇨質	征⇨徵
径⇨徑	舍⇨捨	刽⇨劊	郐⇨鄶	怂⇨慫

觅 ⇨ 覓	贪 ⇨ 貪	贫 ⇨ 貧	肤 ⇨ 膚	肿 ⇨ 腫
胀 ⇨ 脹	肮 ⇨ 骯	胁 ⇨ 脅	迩 ⇨ 邇	鱼 ⇨ 魚
狞 ⇨ 獰	备 ⇨ 備	枭 ⇨ 梟	饯 ⇨ 餞	饰 ⇨ 飾
饱 ⇨ 飽	饲 ⇨ 飼	饴 ⇨ 飴	变 ⇨ 變	庞 ⇨ 龐
庙 ⇨ 廟	疟 ⇨ 瘧	疠 ⇨ 癘	疡 ⇨ 瘍	剂 ⇨ 劑
废 ⇨ 廢	闹 ⇨ 鬧	郑 ⇨ 鄭	卷 ⇨ 捲	单 ⇨ 單
炜 ⇨ 煒	炉 ⇨ 爐	浅 ⇨ 淺	泷 ⇨ 瀧	泞 ⇨ 濘
泻 ⇨ 瀉	泼 ⇨ 潑	泽 ⇨ 澤	泾 ⇨ 涇	怜 ⇨ 憐
学 ⇨ 學	宝 ⇨ 寶	宠 ⇨ 寵	审 ⇨ 審	帘 ⇨ 簾
实 ⇨ 實	诓 ⇨ 誆	试 ⇨ 試	诗 ⇨ 詩	诘 ⇨ 詰
诙 ⇨ 詼	诚 ⇨ 誠	衬 ⇨ 襯	视 ⇨ 視	诛 ⇨ 誅
话 ⇨ 話	诞 ⇨ 誕	诟 ⇨ 詬	诠 ⇨ 詮	诡 ⇨ 詭
询 ⇨ 詢	诤 ⇨ 諍	该 ⇨ 該	详 ⇨ 詳	诩 ⇨ 詡
肃 ⇨ 肅	隶 ⇨ 隸	录 ⇨ 錄	弥 ⇨ 彌	弥 ⇨ 瀰
陕 ⇨ 陝	驽 ⇨ 駑	驾 ⇨ 駕	参 ⇨ 參	艰 ⇨ 艱
线 ⇨ 線	练 ⇨ 練	组 ⇨ 組	绅 ⇨ 紳	细 ⇨ 細
驶 ⇨ 駛	驸 ⇨ 駙	驷 ⇨ 駟	驹 ⇨ 駒	终 ⇨ 終
织 ⇨ 織	驻 ⇨ 駐	绊 ⇨ 絆	驼 ⇨ 駝	绌 ⇨ 絀
绍 ⇨ 紹	驿 ⇨ 驛	绎 ⇨ 繹	经 ⇨ 經	绐 ⇨ 紿
贯 ⇨ 貫				

九　畫

贰 ⇨ 貳	帮 ⇨ 幫	珑 ⇨ 瓏	挝 ⇨ 撾	项 ⇨ 項
挞 ⇨ 撻	挟 ⇨ 挾	挠 ⇨ 撓	赵 ⇨ 趙	挡 ⇨ 擋
垫 ⇨ 墊	挤 ⇨ 擠	挥 ⇨ 揮	荐 ⇨ 薦	荚 ⇨ 莢

荜⇨蓽	带⇨帶	茧⇨繭	荞⇨蕎	荟⇨薈
荠⇨薺	荡⇨蕩	荣⇨榮	荤⇨葷	荥⇨滎
荧⇨熒	荨⇨蕁	胡⇨鬍	荪⇨蓀	荫⇨蔭
药⇨藥	标⇨標	栈⇨棧	栉⇨櫛	栊⇨櫳
栋⇨棟	栌⇨櫨	栎⇨櫟	栏⇨欄	柠⇨檸
数⇨數	郦⇨酈	咸⇨鹹	砖⇨磚	砚⇨硯
面⇨麵	牵⇨牽	鸥⇨鷗	残⇨殘	殇⇨殤
轲⇨軻	轳⇨轤	轴⇨軸	轶⇨軼	轻⇨輕
鸦⇨鴉	战⇨戰	点⇨點	临⇨臨	览⇨覽
尝⇨嘗	哑⇨啞	显⇨顯	贵⇨貴	虾⇨蝦
蚁⇨蟻	蚂⇨螞	虽⇨雖	骂⇨罵	剐⇨剮
勋⇨勛	哗⇨嘩	响⇨響	哙⇨噲	峡⇨峽
罚⇨罰	贱⇨賤	贴⇨貼	贻⇨貽	钙⇨鈣
钛⇨鈦	钝⇨鈍	钞⇨鈔	钟⇨鐘	锤⇨錘
钡⇨鋇	钢⇨鋼	钠⇨鈉	钥⇨鑰	钦⇨欽
钧⇨鈞	钤⇨鈐	钨⇨鎢	钩⇨鉤	钫⇨鈁
钦⇨鈇	钮⇨鈕	毡⇨氈	氢⇨氫	选⇨選
适⇨適	种⇨種	秋⇨鞦	复⇨復	复⇨複
笃⇨篤	俨⇨儼	俩⇨倆	俪⇨儷	贷⇨貸
顺⇨順	俭⇨儉	剑⇨劍	须⇨須	须⇨鬚
胧⇨朧	胪⇨臚	胆⇨膽	胜⇨勝	胫⇨脛
鸧⇨鴿	狭⇨狹	狮⇨獅	独⇨獨	狯⇨獪
狱⇨獄	贸⇨貿	饵⇨餌	饶⇨饒	蚀⇨蝕
饷⇨餉	饺⇨餃	饼⇨餅	峦⇨巒	弯⇨彎

181

挛⇒攣	将⇒將	奖⇒獎	疮⇒瘡	疯⇒瘋
亲⇒親	飒⇒颯	闺⇒閨	闻⇒聞	阃⇒閫
闽⇒閩	阀⇒閥	阁⇒閣	阆⇒閬	养⇒養
姜⇒薑	类⇒類	娄⇒婁	总⇒總	炼⇒煉
炽⇒熾	烁⇒爍	烂⇒爛	洼⇒窪	洁⇒潔
洒⇒灑	浃⇒浹	浇⇒澆	浊⇒濁	测⇒測
浏⇒瀏	济⇒濟	浑⇒渾	浒⇒滸	浓⇒濃
恸⇒慟	怃⇒憮	恺⇒愷	恻⇒惻	恼⇒惱
举⇒舉	觉⇒覺	宪⇒憲	窃⇒竊	诚⇒誠
诬⇒誣	语⇒語	袄⇒襖	误⇒誤	诰⇒誥
诱⇒誘	诲⇒誨	诳⇒誑	说⇒說	诵⇒誦
垦⇒墾	昼⇒晝	费⇒費	逊⇒遜	陨⇒隕
险⇒險	贺⇒賀	怼⇒懟	垒⇒壘	娇⇒嬌
绑⇒綁	绒⇒絨	结⇒結	骁⇒驍	绕⇒繞
骄⇒驕	骈⇒駢	绞⇒絞	骇⇒駭	统⇒統
给⇒給	绚⇒絢	绛⇒絳	络⇒絡	绝⇒絕

十　畫

艳⇒艷	珲⇒琿	蚕⇒蠶	顽⇒頑	盏⇒盞
捞⇒撈	载⇒載	赶⇒趕	盐⇒鹽	损⇒損
埚⇒堝	捡⇒撿	挚⇒摯	热⇒熱	捣⇒搗
壶⇒壺	聂⇒聶	莱⇒萊	莲⇒蓮	莳⇒蒔
获⇒獲	获⇒穫	恶⇒惡	莹⇒瑩	莺⇒鶯
鸪⇒鴣	桢⇒楨	档⇒檔	桥⇒橋	桦⇒樺
桧⇒檜	桩⇒樁	样⇒樣	贾⇒賈	砺⇒礪

砾⇨礫	础⇨礎	顾⇨顧	轼⇨軾	轻⇨輕
轿⇨轎	较⇨較	鸬⇨鸕	毙⇨斃	致⇨緻
鸬⇨鸕	虑⇨慮	监⇨監	紧⇨緊	党⇨黨
晒⇨曬	晓⇨曉	唠⇨嘮	鸭⇨鴨	晕⇨暈
唢⇨嗩	蚬⇨蜆	鸯⇨鴦	罢⇨罷	圆⇨圓
觊⇨覬	贼⇨賊	贿⇨賄	赂⇨賂	赈⇨賑
钰⇨鈺	钱⇨錢	钲⇨鉦	钳⇨鉗	钴⇨鈷
铜⇨銅	钹⇨鈸	钺⇨鉞	钻⇨鑽	钼⇨鉬
钽⇨鉭	钾⇨鉀	铀⇨鈾	钿⇨鈿	铁⇨鐵
铂⇨鉑	铃⇨鈴	铅⇨鉛	铆⇨鉚	铉⇨鉉
铊⇨鉈	铋⇨鉍	铌⇨鈮	铍⇨鈹	铎⇨鐸
牺⇨犧	敌⇨敵	积⇨積	称⇨稱	笕⇨筧
笔⇨筆	债⇨債	倾⇨傾	赁⇨賃	徕⇨徠
舰⇨艦	舱⇨艙	笪⇨簹	爱⇨愛	颁⇨頒
颂⇨頌	脍⇨膾	脏⇨臟	脏⇨髒	脐⇨臍
脑⇨腦	胶⇨膠	脓⇨膿	鸥⇨鷗	玺⇨璽
鸵⇨鴕	裒⇨裒	鸳⇨鴛	皱⇨皺	饽⇨餑
饿⇨餓	馁⇨餒	栾⇨欒	挛⇨攣	恋⇨戀
桨⇨槳	浆⇨漿	症⇨癥	斋⇨齋	痉⇨痙
准⇨準	离⇨離	顽⇨頑	资⇨資	竞⇨競
阅⇨閱	郸⇨鄲	烦⇨煩	烧⇨燒	烛⇨燭
烨⇨燁	烩⇨燴	烬⇨燼	递⇨遞	涛⇨濤
涟⇨漣	涡⇨渦	涂⇨塗	涤⇨滌	润⇨潤
涧⇨澗	涨⇨漲	烫⇨燙	涩⇨澀	悯⇨憫

183

宽⇨寬	家⇨傢	宾⇨賓	窍⇨竅	请⇨請
诸⇨諸	诺⇨諾	读⇨讀	诽⇨誹	袜⇨襪
祯⇨禎	课⇨課	诿⇨諉	谀⇨諛	谁⇨誰
调⇨調	谅⇨諒	谆⇨諄	谈⇨談	谊⇨誼
恳⇨懇	剧⇨劇	娲⇨媧	娴⇨嫻	难⇨難
预⇨預	骊⇨驪	骋⇨騁	绢⇨絹	绣⇨繡
验⇨驗	绥⇨綏	继⇨繼	骏⇨駿	鸶⇨鷥

十一　畫

琏⇨璉	琐⇨瑣	麸⇨麩	掳⇨擄	掴⇨摑
掷⇨擲	掸⇨撣	壶⇨壺	据⇨據	掺⇨摻
掼⇨摜	职⇨職	萝⇨蘿	萤⇨螢	营⇨營
萦⇨縈	萧⇨蕭	萨⇨薩	检⇨檢	啬⇨嗇
匮⇨匱	酝⇨醞	硕⇨碩	聋⇨聾	龚⇨龔
袭⇨襲	殒⇨殞	殓⇨殮	辅⇨輔	辆⇨輛
堑⇨塹	顼⇨頊	啧⇨嘖	悬⇨懸	啭⇨囀
跃⇨躍	啮⇨嚙	跄⇨蹌	蛎⇨蠣	蛊⇨蠱
啸⇨嘯	崭⇨嶄	逻⇨邏	帼⇨幗	赈⇨賑
婴⇨嬰	赊⇨賒	铐⇨銬	铑⇨銠	铒⇨鉺
铕⇨銪	铗⇨鋏	铛⇨鐺	铝⇨鋁	铜⇨銅
铟⇨銦	锴⇨鍇	铡⇨鍘	铢⇨銖	铣⇨銑
铥⇨銩	铤⇨鋌	铧⇨鏵	铨⇨銓	铫⇨銚
铭⇨銘	铬⇨鉻	铮⇨錚	铯⇨銫	铰⇨鉸
铱⇨銥	铲⇨鏟	铵⇨銨	银⇨銀	铷⇨銣
矫⇨矯	鸪⇨鴣	秽⇨穢	笺⇨箋	笼⇨籠

债⇨償	偿⇨償	偻⇨僂	躯⇨軀	衅⇨釁
衔⇨銜	盘⇨盤	鸽⇨鴿	敛⇨斂	领⇨領
脸⇨臉	猎⇨獵	馄⇨餛	馅⇨餡	馆⇨館
鸾⇨鸞	痒⇨癢	阃⇨閫	阎⇨閻	阄⇨鬮
阐⇨闡	盖⇨蓋	断⇨斷	兽⇨獸	焖⇨燜
渍⇨漬	鸿⇨鴻	渎⇨瀆	渐⇨漸	渑⇨澠
渊⇨淵	渔⇨漁	淀⇨澱	渗⇨滲	惬⇨愜
惭⇨慚	惧⇨懼	惊⇨驚	惮⇨憚	惨⇨慘
惯⇨慣	祷⇨禱	谋⇨謀	谍⇨諜	谎⇨謊
谏⇨諫	谐⇨諧	谑⇨謔	裆⇨襠	祸⇨禍
谒⇨謁	谓⇨謂	谔⇨諤	谕⇨諭	谗⇨讒
谘⇨諮	谙⇨諳	谚⇨諺	谛⇨諦	谜⇨謎
弹⇨彈	堕⇨墮	随⇨隨	隐⇨隱	婵⇨嬋
婶⇨嬸	颇⇨頗	颈⇨頸	绩⇨績	绪⇨緒
绫⇨綾	骐⇨騏	续⇨續	绮⇨綺	骑⇨騎
绯⇨緋	绰⇨綽	绳⇨繩	维⇨維	绵⇨綿
绶⇨綬	绸⇨綢	绻⇨綣	综⇨綜	绽⇨綻
绿⇨綠	缀⇨綴	缁⇨緇		

十二　畫

靓⇨靚	琼⇨瓊	趋⇨趨	揽⇨攬	颉⇨頡
搀⇨攙	蛰⇨蟄	搁⇨擱	搂⇨摟	搅⇨攪
联⇨聯	蒋⇨蔣	韩⇨韓	椟⇨櫝	椤⇨欏
椭⇨橢	鹁⇨鵓	鹂⇨鸝	硷⇨鹼	确⇨確
殚⇨殫	颊⇨頰	雳⇨靂	暂⇨暫	辍⇨輟

辐⇨輻	翘⇨翹	辈⇨輩	凿⇨鑿	辉⇨輝
赏⇨賞	睐⇨睞	睑⇨瞼	喷⇨噴	畴⇨疇
践⇨踐	遗⇨遺	鹃⇨鵑	喽⇨嘍	嵘⇨嶸
赋⇨賦	赌⇨賭	赎⇨贖	赐⇨賜	赔⇨賠
铸⇨鑄	锊⇨鋝	铺⇨鋪	铼⇨錸	铽⇨鋱
链⇨鏈	铿⇨鏗	销⇨銷	锁⇨鎖	锄⇨鋤
锂⇨鋰	锅⇨鍋	锆⇨鋯	锇⇨鋨	锈⇨鏽
锉⇨銼	锋⇨鋒	锌⇨鋅	锐⇨銳	锑⇨銻
银⇨銀	锓⇨鋟	铜⇨銅	钢⇨鋼	犊⇨犢
鹄⇨鵠	鹅⇨鵝	筑⇨築	筚⇨篳	筛⇨篩
牍⇨牘	傥⇨儻	傧⇨儐	储⇨儲	惩⇨懲
御⇨禦	释⇨釋	腊⇨臘	鱿⇨魷	鲁⇨魯
鲂⇨魴	飓⇨颶	筋⇨觔	惫⇨憊	馈⇨饋
馊⇨餿	馋⇨饞	褒⇨襃	装⇨裝	蛮⇨蠻
奁⇨奩	痨⇨癆	痫⇨癇	阑⇨闌	粪⇨糞
鹈⇨鵜	窜⇨竄	窝⇨窩	愦⇨憒	惯⇨慣
滞⇨滯	溃⇨潰	溅⇨濺	湾⇨灣	谟⇨謨
裢⇨褳	裣⇨襝	裤⇨褲	禅⇨禪	谢⇨謝
谣⇨謠	谤⇨謗	谦⇨謙	谧⇨謐	属⇨屬
屡⇨屢	骛⇨騖	缄⇨緘	缅⇨緬	缆⇨纜
缇⇨緹	缈⇨緲	缉⇨緝	缎⇨緞	缓⇨緩
缔⇨締	缕⇨縷	骗⇨騙	编⇨編	骚⇨騷
缘⇨緣	飨⇨饗			

十三　畫

骜⇨驁	摄⇨攝	摆⇨擺	摆⇨襬	摊⇨攤
鹊⇨鵲	蓝⇨藍	蓦⇨驀	蓟⇨薊	蒙⇨矇
蒙⇨濛	蒙⇨懞	颐⇨頤	献⇨獻	榄⇨欖
椿⇨櫄	榈⇨櫚	楼⇨樓	桦⇨樺	赖⇨賴
碛⇨磧	鹕⇨鶘	尴⇨尷	雾⇨霧	辐⇨輻
辑⇨輯	输⇨輸	频⇨頻	龃⇨齟	龄⇨齡
鲍⇨齙	鉴⇨鑒	嗫⇨囁	跷⇨蹺	跻⇨躋
蜗⇨蝸	锗⇨鍺	错⇨錯	锚⇨錨	锛⇨錛
锞⇨錁	锟⇨錕	锡⇨錫	锢⇨錮	锣⇨鑼
锤⇨錘	锥⇨錐	锦⇨錦	锭⇨錠	键⇨鍵
锯⇨鋸	锰⇨錳	锱⇨錙	辞⇨辭	颓⇨頹
筹⇨籌	签⇨簽	签⇨籤	简⇨簡	觎⇨覦
颔⇨頷	腻⇨膩	鹏⇨鵬	腾⇨騰	鲈⇨鱸
酥⇨酥	鲋⇨鮒	鲍⇨鮑	鲐⇨鮐	颖⇨穎
飔⇨颸	触⇨觸	雏⇨雛	馍⇨饃	馏⇨餾
馐⇨饈	酱⇨醬	鹑⇨鶉	瘅⇨癉	阘⇨闒
阛⇨闤	阙⇨闕	誊⇨謄	粮⇨糧	数⇨數
滠⇨灄	满⇨滿	滤⇨濾	滥⇨濫	滨⇨濱
滩⇨灘	慑⇨懾	誉⇨譽	鲎⇨鱟	骞⇨騫
寝⇨寢	窥⇨窺	窦⇨竇	谨⇨謹	谩⇨謾
谪⇨謫	谬⇨謬	辟⇨闢	嫒⇨嬡	嫔⇨嬪
缙⇨縉	缜⇨縝	缚⇨縛	缛⇨縟	缝⇨縫
缠⇨纏	缡⇨縭	缢⇨縊	缣⇨縑	

十四　畫

瑷⇨璦	赘⇨贅	韬⇨韜	蔺⇨藺	蔼⇨藹
槛⇨檻	槟⇨檳	酿⇨釀	霁⇨霽	愿⇨願
殡⇨殯	辖⇨轄	辗⇨輾	龈⇨齦	颗⇨顆
暧⇨曖	踌⇨躊	踊⇨踴	腊⇨臘	蝇⇨蠅
蝉⇨蟬	鹕⇨鶘	嚣⇨囂	赚⇨賺	鹘⇨鶻
锲⇨鍥	锴⇨鍇	锶⇨鍶	锷⇨鍔	锹⇨鍬
锸⇨鍤	锻⇨鍛	锼⇨鎪	锾⇨鍰	镀⇨鍍
镁⇨鎂	镂⇨鏤	钻⇨鑽	稳⇨穩	箩⇨籮
箫⇨簫	舆⇨輿	膑⇨臏	鲑⇨鮭	鲒⇨鮚
鲉⇨鮋	鲚⇨鱭	鲛⇨鮫	鲜⇨鮮	鲟⇨鱘
谨⇨謹	馒⇨饅	銮⇨鑾	潇⇨瀟	潋⇨瀲
赛⇨賽	谭⇨譚	褛⇨褸	谯⇨譙	谱⇨譜
谪⇨謫	嫱⇨嬙	鸳⇨鴛	缥⇨縹	骠⇨驃
缦⇨縵	骡⇨騾	缧⇨縲	缨⇨纓	骢⇨驄
缩⇨縮	缪⇨繆			

十五　畫

楼⇨樓	撵⇨攆	撷⇨擷	聪⇨聰	觐⇨覲
鞑⇨韃	颐⇨頤	蕴⇨蘊	樱⇨櫻	飘⇨飄
医⇨醫	魇⇨魘	餍⇨饜	霉⇨黴	辘⇨轆
龉⇨齬	龊⇨齪	瞒⇨瞞	题⇨題	蹒⇨蹣
踯⇨躑	蝶⇨蜨	蝼⇨螻	噜⇨嚕	嘱⇨囑
镊⇨鑷	镇⇨鎮	镉⇨鎘	镍⇨鎳	镏⇨鎦
镐⇨鎬	镪⇨鏹	镒⇨鎰	镓⇨鎵	镔⇨鑌

鲠⇨鯁	鲡⇨鱺	鲢⇨鰱	鲣⇨鰹	鲋⇨鮒
鲤⇨鯉	鲦⇨鰷	鲩⇨鯇	卿⇨卿	馈⇨饋
瘪⇨癟	瘫⇨癱	颜⇨顏	鹅⇨鵝	鲨⇨鯊
澜⇨瀾	额⇨額	谳⇨讞	褴⇨襤	鹤⇨鶴
谵⇨譫	缭⇨繚	缮⇨繕	缯⇨繒	

十六　畫

擞⇨擻	颞⇨顳	薮⇨藪	颠⇨顛	檑⇨櫑
飙⇨飆	辙⇨轍	鹦⇨鸚	赠⇨贈	镖⇨鏢
镗⇨鏜	镘⇨鏝	镛⇨鏞	镜⇨鏡	镝⇨鏑
镞⇨鏃	赞⇨贊	篮⇨籃	篱⇨籬	魉⇨魎
鲭⇨鯖	鲮⇨鯪	鲰⇨鯫	鲱⇨鯡	鲲⇨鯤
鲳⇨鯧	鲶⇨鯰	鲷⇨鯛	鲵⇨鯢	鲸⇨鯨
獭⇨獺	鹧⇨鷓	瘾⇨癮	辩⇨辯	濑⇨瀨
濒⇨瀕	懒⇨懶	缱⇨繾	缴⇨繳	

十七　畫

鹩⇨鷯	醒⇨醒	瞩⇨矚	蹒⇨蹣	蹑⇨躡
羁⇨羈	赡⇨贍	镣⇨鐐	镁⇨鎂	镦⇨鐓
镧⇨鑭	错⇨錯	镪⇨鏹	镫⇨鐙	簖⇨籪
鹨⇨鷚	蝶⇨蝶	鳝⇨鱔	鳃⇨鰓	鳅⇨鰍
鸷⇨鷙	辫⇨辮	赢⇨贏	鹬⇨鷸	骤⇨驟

十八　畫

鞯⇨韉	颢⇨顥	鹭⇨鷺	巅⇨巔	镬⇨鑊
镭⇨鐳	镯⇨鐲	镰⇨鐮	鳍⇨鰭	鳎⇨鰨
鳏⇨鰥	鹰⇨鷹	癫⇨癲		

附 錄

十九　畫

攢 ⇨ 攢	霭 ⇨ 靄	鱉 ⇨ 鱉	巔 ⇨ 巔	髋 ⇨ 髖
籁 ⇨ 籟	鳕 ⇨ 鱈	鳗 ⇨ 鰻	颤 ⇨ 顫	癣 ⇨ 癬
谶 ⇨ 讖	骥 ⇨ 驥			

二十　畫

鬓 ⇨ 鬢	黩 ⇨ 黷	镰 ⇨ 鐮	鳝 ⇨ 鱔	鳞 ⇨ 鱗
鳟 ⇨ 鱒	骧 ⇨ 驤			

二十一　畫以上

颦 ⇨ 顰	蹰 ⇨ 躕	癫 ⇨ 癲	赣 ⇨ 贛	灏 ⇨ 灝
镶 ⇨ 鑲	趱 ⇨ 趲	颧 ⇨ 顴		

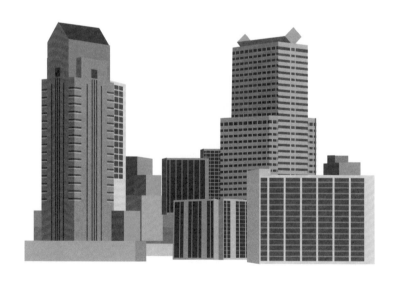

筆畫索引

附 錄

三　畫

四畫

附 錄

197

附 錄

六　畫

附錄

附 錄

七　畫

附 錄

八　畫

附錄

九　畫

207

附 錄

十　畫

附 錄

附 錄

十一　畫

十三　畫

十四　畫

十五　畫以上

帶英文的詞語

大都會文化圖書目錄

●禮物書系列

印象花園 梵谷	160元	印象花園 莫內	160元
印象花園 高更	160元	印象花園 竇加	160元
印象花園 雷諾瓦	160元	印象花園 大衛	160元
印象花園 畢卡索	160元	印象花園 達文西	160元
印象花園 米開朗基羅	160元	印象花園 拉斐爾	160元
印象花園 林布蘭特	160元	印象花園 米勒	160元
絮語說相思 情有獨鍾	200元		

●工商管理系列

二十一世紀新工作浪潮	200元	化危機為轉機	200元
美術工作者設計生涯轉轉彎	200元	攝影工作者快門生涯轉轉彎	200元
企劃工作者動腦生涯轉轉彎	220元	電腦工作者滑鼠生涯轉轉彎	200元
打開視窗說亮話	200元	文字工作者撰錢生活轉轉彎	220元
挑戰極限	320元	30分鐘行動管理百科（九本盒裝套書）	799元
30分鐘教你自我腦內革命	110元	30分鐘教你樹立優質形象	110元
30分鐘教你錢多事少離家近	110元	30分鐘教你創造自我價值	110元
30分鐘教你Smart解決難題	110元	30分鐘教你如何激勵部屬	110元
30分鐘教你掌握優勢談判	110元	30分鐘教你如何快速致富	110元
30分鐘教你提昇溝通技巧	110元		

●精緻生活系列

女人窺心事	120元	另類費洛蒙	180元
花落	180元		

●CITY MALL系列

別懷疑！我就是馬克大夫	200元	愛情詭話	170元
唉呀！眞尷尬	200元	就是要賴在演藝圈	180元

●親子教養系列

我家小孩愛看書—Happy學習easy go！	220元	天才少年的5種能力	280元
孩童完全自救寶盒（五書+五卡+四卷錄影帶）			3,490元（特價2,490元）
孩童完全自救手冊—這時候你該怎麼辦（合訂本）			299元

●新觀念美語

NEC新觀念美語教室	12,450元（八本書+48卷卡帶）

您可以採用下列簡便的訂購方式：

◎請向全國鄰近之各大書局或上大都會文化網站 www.metrobook.com.tw選購。

◎劃撥訂購：請直接至郵局劃撥付款。

　帳號：14050529

　戶名：大都會文化事業有限公司

　（請於劃撥單背面通訊欄註明欲購書名及數量）

一國兩字？

廣　告　回　函
北　區　郵　政　管　理　局
登記證北台字第9125號
免　貼　郵　票

大都會文化事業有限公司
讀　者　服　務　部　　　收
110台北市基隆路一段432號4樓之9

寄回這張服務卡〔免貼郵票〕
您可以：
◎不定期收到最新出版訊息
◎參加各項回饋優惠活動

大都會文化 　**讀者服務卡**

書名：**一國兩字？**

謝謝您選擇了這本書！期待您的支持與建議，讓我們能有更多聯繫與互動的機會。
日後您將可不定期收到本公司的新書資訊及特惠活動訊息。

A. 您在何時購得本書：_____年_____月_____日

B. 您在何處購得本書：_____書店，位於_____(市、縣)

C. 您從哪裡得知本書的消息：
　　1.□書店　2.□報章雜誌　3.□電台活動　4.□網路資訊
　　5.□書籤宣傳品等　6.□親友介紹　7.□書評　8.□其他

D. 您購買本書的動機：（可複選）
　　1.□對主題或內容感興趣　2.□工作需要　3.□生活需要
　　4.□自我進修　5.□內容為流行熱門話題　6.□其他

E. 您最喜歡本書的：（可複選）
　　1.□內容題材　2.□字體大小　3.□翻譯文筆　4.□封面　5.□編排方式　6.□其他

F. 您認為本書的封面：1.□非常出色　2.□普通　3.□毫不起眼　4.□其他

G. 您認為本書的編排：1.□非常出色　2.□普通　3.□毫不起眼　4.□其他

H. 您通常以哪些方式購書：(可複選)
　　1.□逛書店　2.□書展　3.□劃撥郵購　4.□團體訂購　5.□網路購書　6.□其他

I. 您希望我們出版哪類書籍：（可複選）
　　1.□旅遊　2.□流行文化　3.□生活休閒　4.□美容保養　5.□散文小品
　　6.□科學新知　7.□藝術音樂　8.□致富理財　9.□工商企管　10.□科幻推理
　　11.□史哲類　12.□勵志傳記　13.□電影小說　14.□語言學習（_____語）
　　15.□幽默諧趣　16.□其他

J. 您對本書(系)的建議：_____

K. 您對本出版社的建議：_____

讀者小檔案

姓名：_____　性別：□男　□女　　生日：____年____月____日

年齡：1.□20歲以下 2.□21～30歲 3.□31～50歲 4.□51歲以上

職業：1.□學生 2.□軍公教 3.□大眾傳播 4.□服務業 5.□金融業 6.□製造業
　　　7.□資訊業 8.□自由業 9.□家管 10.□退休 11.□其他

學歷：□國小或以下 □國中 □高中／高職 □大學／大專 □研究所以上

通訊地址：_____

電話：（H）_____（O）_____ 傳真：_____

行動電話：_____ E-Mail：_____

◎謝謝您購買本書，也歡迎您加入我們的會員，請上大都會文化網站 www.metrobook.com.tw
　　登錄您的資料，您將會不定期收到最新圖書優惠資訊及電子報。

一國兩字？

編　　者：陳琪琪／王南傑

發 行 人：林敬彬
主　　編：楊安瑜
編　　輯：莊慧劍／杜韻如
內頁編排：翔美設計
封面設計：洸譜創意設計
出　　版：大都會文化事業有限公司　行政院新聞局北市業字第89號
發　　行：大都會文化事業有限公司
　　　　　110台北市信義區基隆路一段432號4樓之9
　　　　　讀者服務專線：（02）27235216
　　　　　讀者服務傳真：（02）27235220
　　　　　電子郵件信箱：metro@ms21.hinet.net
　　　　　網　　　　址：www.metrobook.com.tw

郵政劃撥：14050529　大都會文化事業有限公司
出版日期：2006年5月初版一刷
定　　價：200元
I S B N：986-7651-74-X
書　　號：Master-014

First published in Taiwan in 2006 by
Metropolitan Culture Enterprise Co., Ltd.
4F-9, Double Hero Bldg., 432, Keelung Rd., Sec. 1,
Taipei 110, Taiwan
Tel:+886-2-2723-5216　Fax:+886-2-2723-5220
E-mail:metro@ms21.hinet.net
Web-site:www.metrobook.com.tw
Copyright © 2006　　Metropolitan Culture

國家圖書館出版品預行編目資料

一國兩字？
陳琪琪，王南傑編著
——初版.——臺北市：大都會文化, 2006[民95]
面：　公分.——（Master；14）
含索引
ISBN 986-7651-74-X(平裝)
1.中國語言-詞彙2.中國語言-簡體字
802.19　　　　　　　　　　　　　　95007378